Até que a morte nos separe

Ou nos una, novamente

Autor:
Humberto Loureiro

Dedicatória

À minha mulher, Maria Teresa, cuja
perspicácia e inteligência me fizeram aquilatar,
mesmo que superficialmente, a alma feminina.

ATÉ QUE A MORTE NOS SEPARE
(ou nos una, novamente)

Autor: Humberto Loureiro

Capítulo I

"Pode se vestir", disse o médico Plantonista.

Ricardo sentou-se e, ainda na maca, vestiu a camisa. Perguntou, com uma ponta de ironia: "Como é, doutor, achou alguma coisa errada?"

Flavio, o médico, não respondeu, limitando-se a examinar, pela segunda vez, o R-X de tórax do funcionário da Prefeitura que acabara de se submeter a um exame periódico de rotina.

Ele continuava silencioso. O rapaz insistiu: "Alguma coisa errada?"

"Vou pedir uns exames complementares, uma Cinecoronariografia e um Hepatograma."
"O que o senhor achou de errado?"
"O Raios-X não está muito nítido, mas dá para ver alguma anormalidade na artéria Coronária direita," explicava.
"E isto é grave?"
O médico esquivou-se: "Vamos aguardar o resultado dos exames para melhor avaliação. Até lá, evite emoções fortes, não fume nem faça esforços exagerados.".
"Dr. Flavio. Assim o senhor me deixa preocupado. Não sou fumante. A que tipo de emoções fortes o senhor se refere?"
"Nada de sexo."
"Que é isto? O que faço com minha mulher? Dou de presente?"
O profissional esboçou um sorriso antes de responder: "Faça uma pequena abstenção sexual até se firmar um diagnóstico.".
"Mas o que o senhor achou de irregular?"
"O R-X mostra um aneurisma na Coronária direita. Não sei há quanto tempo está aí, mas há um risco de romper-se a qualquer momento."
"O senhor me deixa assustado. Estou com 32 anos e sempre tive uma saúde de ferro. Nunca fiquei doente. Por que isto agora?"
"Acalme-se, Ricardo. Os aneurismas podem ser assintomáticos. Se nada aconteceu até hoje, não deverá haver motivo para problemas nas próximas semanas."
O paciente imaginou o que poderia ocorrer no rompimento do aneurisma. Por medo, preferiu não ouvir a confirmação do rapaz. Perguntou: "Onde vou fazer esses exames?".
"Procure o Hospital IASERJ. Vou abonar o restante do dia para você cuidar disso."

Ricardo deixou o consultório logo após. Estava preocupado.
Casado havia seis anos, pai de dois filhos ainda pequenos - um de três e o outro com oito meses - morando num apartamento ainda por pagar, não se podia imaginar faltando à sua família. Voltou à Repartição onde trabalhava, arrumou sua mesa, trancou a gaveta e saiu.
Sabia o que poderia ocorrer se o aneurisma, de repente, rompesse. Seria uma morte quase instantânea. E sua mulher? E seus filhos? O que lhes ocorreria se ele faltasse? Não imaginava possível esta hipótese.
Dirigiu-se ao elevador.

Rotineiramente, todas as sextas- feiras eram marcadas pelo encerramento antecipado do expediente da Prefeitura e aquela não seria uma exceção. Às duas da tarde, teve que aguardar algum tempo, pois os elevadores desciam cheios de funcionários que trabalhavam no prédio chamado *"Piranhão"*, abreviando o expediente.

Na rua, tomou um ônibus para o centro e, pouco depois, entrava no Hospital do IASERJ, um prédio antigo, localizado junto à Praça Cruz Vermelha.

Naquele ano de 1985 o Hospital estava em plena atividade. Um vai-e-vem de pessoas preenchia seus corredores, alguns em cadeiras de rodas, a maioria se deslocando com dificuldade, seja pelo mal que os afligia, seja pela idade avançada. Uns poucos, trajando uniformes brancos, se deslocavam com desenvoltura entre os demais, às vezes parando para prestar alguma informação ou esclarecimento. Eram os médicos e enfermeiras.

Ricardo procurou a recepção: "Boa tarde", disse para a jovem funcionaria, "Trouxe um pedido para realizar uma cinecoronariografia e..."

Ele não chegou a terminar a frase, sendo interrompido: "O aparelho está em manutenção, sem previsão de retorno."

"Bem," continuou ele, "mas tem também um pedido de exame de sangue.".

"Deixe-me ver o pedido," disse a atendente, examinando o documento. Informou: "O resultado só sai depois de trinta dias."

"Trinta dias? Mas preciso deste exame com urgência!"

"Sinto muito, senhor. Há muitos pacientes na fila e todos precisam dos exames com urgência. Não posso fazer nada."

Ricardo, visivelmente contrariado, tentou desabafar: "Não é possível", disse para si mesmo, "Isto é muita esculhambação..."

A mulher, evidenciando alguma impaciência, perguntou: "Como é? Vai querer ou não fazer o exame?"

"Está bem," concordou, sem alternativa, "vou fazer.".

Depois de tomar os dados do paciente, a funcionária esclareceu: "Este é o seu número do protocolo. Leia as instruções de preparação do exame. Aqui estão a data e a hora. O senhor deve chegar com uma hora de antecedência. Alguma dúvida?"

Ricardo recebeu toda a documentação pertinente aparentando total inconformidade com o sistema.

Durante todo o tempo em que permaneceu preenchendo o formulário, uma jovem, aparentando ter uns 25 anos, o observava.

Aproximou-se quando ele deixava o hospital: "Desculpe me intrometer, mas você conseguiu marcar a Coronariografia?".
"Não. Não consegui. O aparelho está quebrado."
"Não. Não está quebrado. Está em manutenção. Depois de amanhã estará funcionando normalmente."
O rapaz ficou intrigado: "Como você sabe disto?"
Ela esboçou um ligeiro sorriso: "Trabalho junto na Administração. Sei das coisas...".
"Filha da puta de recepcionista!", desabafou, "Oh! Desculpe o palavrão, mas...".
"Não se preocupe. Imagino como se sente. Dá raiva, mesmo," concordava a mulher. Ele concluiu, irritado: "Vou voltar lá e exigir a marcação do exame.".
"Não adianta, Ricardo. Vai perder tempo e se aborrecer."
 Por um instante, ele foi tomado pela surpresa. Perguntou: "Ué! Como você sabe o meu nome?"
A desconhecida sorriu: "Ouvi quando você falava com a Vera."
"Vera?"
"A recepcionista."
A explicação o satisfez. Perguntou, em seguida: "Por que você acha que é perda de tempo voltar lá?"
"Ela tem ordens para agir assim."
Mais tranquilo, ele contestou: "É inadmissível uma pessoa esperar um mês para ter o resultado de um exame de emergência. Inconcebível."
"Concordo, integralmente. São os problemas de Saúde, no Brasil."
A jovem procurou aquilatar o efeito das suas palavras. Concluiu, dizendo: "Mas a gente pode reduzir este prazo."
Ricardo começou a ficar intrigado. Não compreendia como uma desconhecida se dirigia a ele pelo nome e, ainda por cima, se prontificando a ajudá-lo.
Pela primeira vez pôde observá-la atentamente. Estatura mediana, cabelos louros caídos até os ombros, olhos azuis, muito branca. Resumindo: uma linda mulher.
Por que este interesse por ele? Não sabia explicar. Timidamente, perguntou: "Você trabalha há muito tempo no IASERJ? Esta foi a primeira vez que a vi lá."
Ela sorriu, e, antes que respondesse, ele fez uma nova pergunta: "Ainda não sei o seu nome. Como você se chama?"
"Smiertyi, Ya vashi Smiertyi."
Ricardo não entendeu: "Mirtes? Como é? Eva Mirtes?"

"É Smieryi", corrigia. O rapaz repetia: "Mirtes?" A moça cedeu: "Está bem. Pode me chamar de Mirtes"

"De onde seus pais tiraram este nome esquisito?" Ela, deixando transparecer um sorriso discreto, contestou: "Não tem nada de esquisito. É de origem russa."

Foi a vez de ele sorrir: "Agora sei por que você se parece tanto com uma verdadeira russa."

Na medida em que conversavam, dirigiam-se ao ponto de ônibus. Ele perguntou: "Você vai para onde?"

"Praça Saenz Pena."

"Coincidência", ele disse, "também vou para lá."

Àquela hora a condução para a Tijuca era confortável, sem os excessos de passageiros típicos das horas de pico. Mirtes sentou-se enquanto ele permaneceu em pé, ao seu lado. Por sorte o passageiro ao lado desceu duas paradas adiante e Ricardo sentou-se junto à sua recém-conhecida.

Retornou ao assunto que mais lhe interessava: "Você não me explicou como posso fazer a Coronariografia."

A jovem sorriu. Olhou-o por alguns instantes, sem dizer nada. Em seguida, respondeu: "Preciso, apenas, do seu protocolo. Depois, é só fazer uma nova programação." Esclareceu: "Faço isso todos os dias."

Até aquele momento Ricardo, preocupado com seu estado de saúde, não havia percebido quanto a mulher ao seu lado era sedutora. Ela explicava como faria a reprogramação e ele, intimamente, se perguntava por que esta jovem se aproximara dele. Estava longe de ser um *Adônis*, não andava a procura de conquistas amorosas, vivia inteiramente para sua mulher e seus filhos, enfim, não sabia a que atribuir aquela estranha atitude de uma desconhecida. Mirtes continuava a conversa sentindo-se à vontade, como se conhecesse seu interlocutor há longo tempo. Ela resumia sua atuação: "Assim que refizer a programação, telefono comunicando a nova data do exame."

"Mas..."

"Mas o quê? Você não tem telefone?"

"Claro. Tenho sim, mas..." Ele não sabia o que dizer. Por fim, concordou: "Está bem. Tome nota do meu telefone de casa e o da Repartição."

Sem outro assunto de conversa, ele perguntou: "Você mora na Tijuca?"

"Moro perto da Rua Desembargador Isidro."

"Sei. Do outro lado da praça."

Meio que fascinado pela beleza da mulher, disse: "É raro encontrar-se uma pessoa tão prestativa como você. Normalmente, as funcionárias dos hospitais, inclusive os médicos, agem como se tivessem um rei na barriga."

Ela sorriu com a observação. Ele continuou: "É sério. Mas você é diferente. Uma moça encantadora..."

"Obrigada pelo elogio," disse, "mas nem sempre me olham desse jeito."

"Não acredito. Você é bonita demais para passar despercebida por tantos rapazes." Ela não conteve o riso: "Nada disso. Ninguém me olha."

"Essa, não!", respondeu com veemência, "Teu namorado não te olha? Teu marido?"

"Bom. Se é isso que você quer saber, não sou casada e nem tenho namorado." Ricardo não esperava tal resposta. Por um instante ficou mudo, contemplando a jovem. Seus olhares se cruzaram. Ela completou a frase: "Pelo menos, até hoje..."

Com a movimentação dos passageiros, ambos perceberam que haviam chegado à praça. Saltaram. Ele, ainda surpreso com a insinuação dela, foi incapaz de dizer qualquer coisa. Quando ela se despediu dizendo que iria telefonar tão logo os exames estivessem marcados, respondeu: "Vou aguardar."

Como que atraído por ela, seguiu-a com o olhar enquanto ela se afastava, misturando-se ao mundo de gente que fervilhava no local. Quando a perdeu de vista, voltou-se e foi para casa.

Rotineiramente, toda a sexta-feira comprava um buquê de flores nos camelôs que pululavam na Rua Major Ávila. Porém, perturbado com sua saúde, esqueceu-se, totalmente. Desta vez, sua mulher ficaria sem elas.

Estava intrigado. Aquela solene desconhecida, Mirtes, no apogeu da sua juventude, aparentando não mais de 25 anos, loura, bonita, que não tinha namorado nem marido, se interessando pela situação dele. Não dava para entender. Pelo menos, a atuação dela serviu para diminuir a tensão que o médico lhe transmitira.

Ele não se sentia doente, mas tudo indicava que o coração não estava lá essas coisas. Com esses pensamentos pululando na cabeça, entrou em casa.

Elisabete, sua mulher, ainda não havia chegado do trabalho. Os dois filhos estavam na casa da avó materna, não muito longe do apartamento, e seriam trazidos pela mãe. Trocou os sapatos por um par de chinelos, abriu a geladeira, tirou uma lata de cerveja, sentou-se no sofá da sala e ligou a televisão.

Não conseguia se concentrar e nenhum programa prendeu sua atenção.

Enquanto saboreava a lata de cerveja, fazia um retrospecto da sua vida: Com trinta e dois anos, nunca havia tido uma doença mais séria. Na adolescência perdera o pai tendo sido obrigado a trabalhar para ajudar a mãe, juntamente com seu irmão, dois anos mais velho. Outro irmão, o primogênito, havia falecido de repente aos cinco anos, conforme contavam. Casara-se com vinte e seis e, desde então, levava uma vida tranquila.

Recordava como havia conhecido sua mulher. Foi num Dia das Mães. Havia se esquecido da data e entrou numa loja para comprar um presente de última hora. Uma simpática e linda mulher, pelo menos aos seus olhos, o atendeu. Era Elisabete. Na época, ela estava com vinte anos e ele, com vinte e quatro. Dois anos de intensa paixão e de necessidade frenética de estarem juntos antecederam o casamento. Depois, quando vieram os filhos, o casal entrou numa rotina cotidiana.

Aos seus olhos, toda a paixão da mulher por ele havia aparentemente se desvanecido, talvez consequência da maternidade ou, quem sabe, por concluir que não o amava mais. Não tinha uma resposta precisa.

Ricardo estava preocupado com a descoberta do médico. Seria um defeito congênito? Seu irmão, falecido aos cinco anos, teria tido o mesmo defeito? Essas conjecturas o assustavam. Não podia faltar tão cedo aos seus dois filhos. Teve ímpetos de procurar alguém com quem pudesse desabafar e diminuir a angustia que começava a atormentá-lo. Aguardou a chegada da mulher.

Ao cair da tarde, pouco depois das seis, Elisabete entrou com as crianças. Paulo Ricardo, o mais velho, correu para os braços do pai. Ele abraçou-o, efusivamente, segurando-o no colo ao mesmo tempo em que beijava a mulher trazendo o caçula no carrinho.

"Oi, bem. Telefonei a tarde toda para você e me informaram que tinha saído para fazer exame médico. Algum problema?"

"Nada, meu amor. Exame de rotina. Só isso," mentiu, procurando evitar a preocupação dela.

"Toma conta das crianças enquanto preparo alguma coisa para jantar", ela disse.

Ele replicou: "Ué? Não vai dar banho nas crianças, primeiro?"

"Mamãe já deu. Agora é só vestir o pijama do Paulinho e trocar a fralda do Gustavinho"

Enquanto o pai cuidava dos menores, a mãe relatava os acontecimentos do dia: "Amor. Mandei lavar todo o carro por dentro."

"Querida! Eu lavo toda semana. Por que essa agora de lavar no posto?"

"Paulinho vomitou todo o banco trazeiro. Não tive alternativa."

"Onde você mandou lavar?"

"No posto da Praça Varnhagem." Enquanto ultimava o jantar, ela completou: "O mecânico disse que precisamos trocar o disco da embreagem. É isso que dá comprar carro de segunda mão..."

"Nós não tínhamos dinheiro suficiente para um carro mais novo", justificava-se o marido, "só dava para comprar este um ponto zero."

"Sei disso, amor! Estou bem satisfeita com ele..."

A rotina diária foi cumprida, marido e mulher cuidando dos filhos e da casa.

Mais tarde, já no aconchego do quarto, crianças dormindo, Elisabete beijou-o, sedutoramente. Ele correspondeu, porém, não da forma como ela desejava.

Notando a ausência do apelo sexual, reagiu: "Meu bem. Você está frio, distante, não gosta mais de mim? Não me quer mais?"

Até então as noites do casal costumavam ser povoadas de muito amor e carinho e, antes que ela imaginasse que o amor dele estava arrefecendo, viu-se obrigado a relatar tudo que o afligia, inclusive, a recomendação médica. Ela não se deixou abater, contestando: "Você sempre teve boa saúde, nunca teve nada no coração, não acredito nesse diagnóstico de aneurisma."

O marido se sentiu mais aliviado: "É. Você está certa. Nunca me senti tão bem na vida."

"Amor. Quando você vai fazer os exames?"

"O de sangue está marcado para dentro de trinta dias e a cinecoronariografia ainda não foi marcada."

Ele evitou falar da jovem que se prontificara a ajudá-lo. Não dera crédito às suas palavras e nem desejava suscitar duvidas na companheira quanto à sua fidelidade. Ela procurou anima-lo: "Assim que os exames estiverem prontos, vamos procurar outro médico. Tenho certeza de que este diagnóstico está errado."

Capítulo II

O fim de semana que se seguiu foi suficiente para ele superar a depressão inicial, em grande parte assimilando o ponto de vista da mulher.

Na segunda-feira, pela manhã, o telefone da Repartição tilintava, porém nenhum funcionário tomava conhecimento. Por fim, já irritada com o barulho, uma mulher atendeu. Chamou, em seguida: "Ricardo! É pra você!"

Ele atendeu. "Sr. Ricardo Pereira Rego?" "Sim. Quem fala?"

"É a recepcionista Vera, do IASERJ. Sua cinecoronariografia está marcada para depois de amanhã, na quarta-feira. O senhor deve chegar às nove horas, em jejum, para fazer, também, o exame de sangue."

"Está bem. Estarei aí. Muito obrigado." Ele desligou deixando transparecer uma surpresa total. A colega que o chamara, notando seu comportamento, indagou: "Que foi Ricardo? Noticia ruim?"

"Não. Ao contrario. Na sexta-feira passada fui marcar um exame no IASERJ e, hoje, já estão me chamando para ir lá na quarta-feira. Nunca esperei que fosse tão rápido."

"Puxa! Você deve ter algum pistolão lá dentro, pois as vezes que precisei daquele hospital esperei quase dois meses para ser chamada." A colega finalizou, jocosamente: "Da próxima vez que precisar, vou falar contigo."

Até aquele momento Ricardo não dera importância à conversa que tivera com a jovem chamada Mirtes, imaginando, apenas, que ela queria ter algum flerte, coisa que não estava a fim. De repente, tudo mudara. Parecia mesmo que ela tinha alguma influencia no IASERJ. Retornou ao trabalho.

Mais tarde, já em casa, depois que as crianças estavam dormindo, enquanto ajudava a esposa nos seus afazeres, comentou: "Sabe, Elisabete, tinha me esquecido de te dizer, mas na sexta-feira, quando fui ao IASERJ, uma pessoa me procurou dizendo que poderia reprogramar meu pedido de exames para andar mais rápido."

"Você me disse que só iria fazer no mês que vem."

"Pois é, mas essa moça..." Elisabete interrompeu-o: "Moça? Era uma mulher?"

"Era. Uma jovem de uns vinte e poucos anos, não sei bem..."

"De onde você a conheceu?" Ricardo notou uma ponta preocupante de ciúme nas palavras: "Calma, mulher. Juro que nunca a tinha visto antes."

"E ela te procurou assim, do nada? Você não se fez de engraçadinho para ela?", .

"Nada disso. Ela estava por perto e viu minha aflição, em marcar os exames. Acredite. Foi só isso."

 A mulher pareceu acreditar: "Está bem. E daí?"

"E daí é que fui chamado para fazer os exames na próxima quarta-feira." Completou, dizendo: "Vou ter que agradecer, de alguma forma, este auxilio."

Elisabete permaneceu calada. Sentindo a preocupação da companheira, abraçou-a, beijando-a ternamente: "Meu bem. Você é a mulher da minha vida. Jamais te trocaria por quem quer que fosse." Ela, como que querendo corresponder aos carinhos, lembrou-o: "Olha a recomendação do médico."

"Que se dane a recomendação. Quero te amar."

Nada mais importou para o casal a não ser as caricias que vivenciaram.

Na quarta-feira Ricardo compareceu ao Hospital na hora prevista.

Àquela hora já havia outro paciente aguardando na sala de espera. Em pouco tempo, mais três aguardavam. Uma enfermeira chamou o primeiro que, seguindo-a, desapareceu da vista dos demais.

Enquanto aguardava, ele perscrutava o ambiente, tentando encontrar sua benfeitora. Em nenhum momento pôde identificá-la, apesar de, em algumas ocasiões, pensar que a tinha visto. Concluiu que ela não estava naquele setor do hospital. Talvez houvesse faltado ao serviço.

Melhor assim, pensou. Poupava-lhe o trabalho de agradecer pela ajuda.

Chamado pela Auxiliar de Enfermagem, suportou, pacientemente, todo o procedimento médico.

Terminado o exame, simulando uma tranquilidade que estava longe de sentir, perguntou ao técnico que o assistia: "Como é, doutor? Viu alguma coisa de ruim?" O médico, acostumado a tais comportamentos, não deu maiores informações: "O Dr. Augusto vai analisar. Resultado só na sexta-feira."

Seriam mais dois dias de angustiante espera. Mas ele estava certo de que o diagnóstico seria o melhor possível.

Liberado dos exames, Ricardo percorreu os vários setores do hospital na tentativa de encontrar a funcionaria Mirtes.

Em vão. Teve ímpetos de procurá-la na Diretoria, mas achou melhor não expô-la desse jeito. Aguardou algum tempo e acabou indo embora. O agradecimento iria ficar para outra ocasião.

Na sexta-feira, pela manhã, ele ligou para o Hospital. Foram necessárias várias tentativas para conseguir a informação correta: "Só depois das quinze horas", respondeu alguém com acentuada irritação na voz.

À uma da tarde foi chamado ao telefone. Sentiu seus batimentos cardíacos acelerarem na esperança de que fosse a Mirtes. Era a esposa preocupada com o resultado dos exames: "Ainda não saiu, Amor", dizia, "só depois das quinze."

Às duas, Ricardo não conseguiu mais se concentrar no trabalho, seguindo para o IASERJ. Não foi necessária a espera. Recebeu os exames num envelope fechado, endereçado ao médico solicitante.

Tão logo deixou o Hospital Ricardo não resistiu à tentação de ler o resultado. Suas esperanças se desvaneceram quando leu o diagnóstico final da cinecoronariografia: Aneurisma da artéria coronária direita.

De súbito, toda aquela historia de morte iminente tornava-se realidade. Poderia morrer a qualquer instante se nada fosse feito.

Seguiu, a pé, pela Avenida Henrique Valadares. Sem destino certo, andou pela Rua Riachuelo. Estaria com os dias contados? Como sua esposa receberia esta noticia? Com indiferença? Com determinismo fatalistico? Seus filhos, ainda muito pequenos, provavelmente, não sentiriam sua falta. Pelo menos, no inicio. Sua mãe, diabética, na casa dos sessenta, iria resistir à perda de mais um filho?. No meio de tantos pensamentos negativos, viu-se parado, em frente ao Santuário de Nossa Senhora de Fátima, na mesma rua.

Àquela hora, a igreja, construída em estilo gótico, estava praticamente vazia.

Entrou. Sentou-se em um dos bancos e se concentrou numa prece à Virgem. Persignou-se e, quando estava prestes a se retirar, alguém lhe tocou no ombro. Virou-se. Exclamou baixinho: "Mirtes! O que faz, aqui?"

"Eu que pergunto: O que você está fazendo aqui?"

"Vim rezar um pouco. Saiu o resultado dos meus exames."

"Eu sei. Li quando estavam transcrevendo..."

"Aliás, não tive a oportunidade de agradecer pela sua ajuda na realização dos exames. Muito obrigado, mesmo."

"Deixa isto pra lá. Não se preocupe. Foi o mínimo que pude fazer."

Saíram juntos, parando no patamar no alto da escada de acesso à entrada principal da igreja. Um fluxo pesado de carros e ônibus dominava o ambiente, aumentando a poluição sonora, contribuindo para tornar quase irrespirável o ar circundante. Entretanto, a

atenção do rapaz estava voltada, inteiramente, para a mulher e apenas seu subconsciente registrava o ruído desagradável da rua.
Ele estava curioso: "Você costuma frequentar este Santuário?"
"Às vezes, quando saio cedo do trabalho. À tarde, aqui, é muito tranquilo, ninguém para perturbar."
"Na quarta-feira quando fiz meu exame, te procurei no Hospital, mas não te achei..."
"Estava na Diretoria."
"Imaginei", disse ele, "passei até por lá, mas não tive coragem de entrar e de ser inconveniente."
"Que bobagem! Você nunca será inconveniente para mim", respondeu sorridente, ao mesmo tempo em que fazia menção de abraçá-lo. Ele percebeu a intenção da jovem. Seus olhares se cruzaram e ele não pode evitar o fascínio daqueles olhos azuis, sentindo uma vontade imensa de abraçá-la e beijá-la voluptuosamente.
A custo, procurou afastar o pensamento libidinoso: "O resultado do exame confirmou a suspeita do Dr. Flavio."
"Não conheço esse Dr. Flavio. Trabalha no IASERJ?"
"Não. É do Posto Médico do *Piranhão*".
"*Piranhão*?"
Ricardo esboçou um sorriso: "É como o povo chama o prédio da Prefeitura."
Ele evitava olhá-la nos olhos e, aos poucos, foi recuperando o equilíbrio emocional enquanto explicava a origem do nome: "Naquela região funcionava uma quantidade enorme de prostíbulos". O Prefeito demoliu tudo para construir edifícios modernos. Daí o nome "*Piranhão*".
Mirtes sorriu, encantada com a alusão criada pela mente espirituosa do carioca.
À medida que conversavam, deixavam o Santuário, andando sem rumo definido, cada um prestando mais atenção à conversa do que para onde iam. Pararam na esquina da Rua do Senado, em frente a uma tosca lanchonete. Ricardo sugeriu: "Estou com uma sede doida. Queres tomar alguma coisa?"
"Quero."
"Vamos entrar e pedir algo para beber."
Sentaram-se a uma das poucas mesas existentes. O garçom se aproximou. Ricardo dirigiu-se para a amiga: "Querida. O que vai beber?" A jovem encarou-o. Dir-se-ia que ela esboçara um discreto sorriso de satisfação pelo tratamento. Ele ruborizou-se. Como que

perdendo o controle de si mesmo, disse: "Desculpe, Mirtes. Não tinha o direito de tratá-la assim. Saiu sem querer."

"Não tem importância. Eu até gostei. Nunca ninguém me tratou dessa forma." O garçom, meio impaciente com a demora do pedido, dirigiu-se ao rapaz: "Então? Vai beber alguma coisa?"

"Duas garrafas de água mineral, por favor."

Quando o garçom se afastou Mirtes segurou, com ambas as mãos, a dele, posta sobre a mesa: "Foi somente uma expressão de carinho. Não é verdade?"

As quatro mãos se entrelaçaram. Ricardo contemplou aqueles olhos e, quase sem perceber, disse: "Mirtes. Há pouco, lá na porta do Santuário, tive que me controlar muito para não te beijar." Um sorriso malicioso aflorou no rosto da moça: "Por que se controlou tanto?"

"Não sabia como você iria reagir. Fiquei com medo"

"Eu inspiro tanto medo em você?"

Ele estava confuso. Desde que se casara, jamais olhara para outra mulher. Elisabete lhe bastava em todos os sentidos. Entretanto, Mirtes estava abalando suas convicções de fidelidade conjugal.

O garçom retornou com as duas garrafas de água. Perguntou: "Mais alguma coisa?" Ainda meio perturbado, Ricardo puxou uma nota de vinte reais. Disse: "Não. Pode pagar." O empregado reclamou: "Só a água, senhor? Não tem uma nota menor?"

Sem pensar, a atenção absorvida pela mulher, respondeu: "Não. Pode ficar com o troco."

Mirtes, como que comprazida pela inusitada situação, observou: "Você está muito magnânimo com a gorjeta."

Quando o garçom se afastou, Ricardo segurou a mão da moça, levou-a aos lábios, beijando-a suavemente enquanto ela o mirava nos olhos.

"Mirtes," ele começou, suas duas mãos retendo a da amiga junto aos lábios, "Preciso te dizer algo."

Ele hesitava. Seu coração batia descompassadamente: "Não sou um homem livre," falou de repente, "tenho mulher e dois filhos."

Ela apertou a mão entre as dele, "Sei disso, Ricardo. Li no seu prontuário."

"Sabe", disse ele, "nunca traí meus votos de casamento."

"Entendo o que você quer dizer. Na alegria, na tristeza, na saúde e na doença, até que a morte nos separe, não foi isso que você prometeu?"

"Foi", concordou, a voz saindo quase inaudível. Ela, com uma expressão carinhosa no olhar, disse: "Tem muita gente, diria a maioria das pessoas casadas, que não leva este compromisso muito a sério. Você não acha?"

Ela pronunciava as palavras como se fossem só para o companheiro ouvir e, apesar de estarem separados pela pequena mesa do bar, seus rostos se aproximavam muito além do necessário para serem ouvidos. Ele beijava a mão da moça. Quase sem se dar conta do gesto, Ricardo segurou o rosto da amiga e beijou, voluptuosamente, a face, os olhos e a boca. Mirtes deixou-se envolver pelo ímpeto dos beijos, abraçou-o, suas bocas entreabertas enquanto suas línguas se tocavam, num frenesi nunca dantes vivenciado.

Quando a troca frenética de carinhos cessou, ele continuou beijando as mãos dela, mantidas entre as suas. Balbuciou: "Desculpe, Mirtes. Não tenho o direito de te beijar. Perdoa-me."

"Não há o que perdoar, querido, Eu amei teus beijos."

Nada parecia mais importante do que ficar ao lado daquela mulher, contemplá-la, tocá-la, enfim, nada mais existia além dela. Era a segunda vez que se encontravam e ele não sabia como nem por quê, mas estava perdidamente apaixonado.

Levantaram-se para deixar o bar. Mas, antes que abandonasse o recinto, Ricardo tomou-a num acariciante abraço, beijando-a, longamente, na boca.

Saíram abraçados. "Querido", disse ela enquanto caminhavam, "tenho que voltar ao Hospital."

"Vou contigo."

"Não, meu amor. Você precisa descansar. Vou pedir ao Prof. Cesar que veja teus exames e dizer o que acha."

Curioso, ele indagou: "Quem é esse professor?"

"Cesar de Almeida. E' o melhor cardiologista do Rio e, talvez, do Brasil. Trabalha conosco lá no IASERJ."

"Mirtes", disse, as duas mãos segurando o rosto da amiga, quase que a obrigando a fixar seu olhar no dele, "não posso deixar você ir sem saber quando vou vê-la novamente."

Ela sorriu: "Não vou fugir nem ir embora. Você e' tudo que sempre desejei. Vou telefonar assim que puder."

"Querida. Vou passar o sábado e o domingo sem te ver? Não vou aguentar."

"Vai, sim. Ou você quer que sua mulher descubra que está tendo um caso?" Ele beijou-a, murmurando: "Isto não importa mais."

"Importa para mim", ela retrucou. "Além disso, vai ser muito mais gostoso quando nos encontrarmos na segunda- feira."

"Aonde vou me encontrar contigo?"

"Aguarde meu telefonema."

Despediram-se, ela retornando ao Hospital e ele procurando o ponto de ônibus mais próximo, na Rua Riachuelo.

Ricardo continuava extasiado com as últimas ocorrências, absorto em seus pensamentos, a ponto de não notar que uma viatura policial parara à sua frente, vidro do carona arriado: "Ricardo! Ricardo! Você está surdo? Não quer uma carona para casa?"

Saindo do êxtase, reconheceu seu irmão Vanderlei, detetive da Policia Civil na viatura policial. Seguiram juntos.•

"O que estava fazendo, a essa hora, na Riachuelo?" perguntou, afirmando, em seguida: "Esta rua só tem *piranha* querendo fisgar um..."

"Você sabe que não procuro essas coisas. A propósito, para onde você está indo?"

"Vou até à Central e, depois, volto para a 19ª Delegacia, na Tijuca. Mas posso te deixar em casa."

Àquela hora, o trânsito de veículos começava a ficar pesado. Vanderlei optou por não ligar a sirene pedindo prioridade de passagem, pois assim, teria mais tempo para saber das novidades. Conversaram sobre amenidades, enquanto seguia para a Central de Policia. Não demorou lá.

De volta para a Delegacia, abordou o assunto que o preocupava: "A Elisabete telefonou para Sara dizendo que você está com problema no coração. É verdade?"

"Mais ou menos. Na realidade, não sinto nada, mas o exame indicou que tenho um aneurisma no coração."

"Que merda é essa?"

"Sinceramente, não sei direito. Parece que é uma bola na veia ou no coração. Sei lá," concluiu.

O irmão ficou preocupado: "O que foi que o médico disse?"

"Apanhei os exames hoje. Ainda não mostrei a ninguém."

"Ricardo," aconselhava o Policial, "Leva esta merda a sério. Nosso irmão morreu de repente aos cinco anos e ninguém soube por quê. Vai ver, tinha um negocio desse." "Porra, Vanderlei. Vira esta boca pra lá!", contestou.

O trânsito, cada vez mais intenso, obrigava a viatura a trafegar em baixa velocidade. Entretanto, o dia-a-dia de lidar com as investigações de crimes, fez o policial retornar ao assunto: "Você não fez os exames no IASERJ?"

Após a confirmação, perguntou, insinuando algum deslize na relação conjugal do outro: "Você não me respondeu. Que diabo você estava fazendo ali na Riachuelo? Dando seus pulinhos fora do casamento?"

Ricardo deu uma risada. Disse: "Mano. Você não vai acreditar no que me aconteceu." Vanderlei ficou curioso, reduzindo ainda mais a velocidade da viatura. Não linha pressa em chegar e a historia do irmão parecia fustigar sua curiosidade: "Conta logo, porra. Comeu algum broto?"

"Não, nada disso. Ou melhor, ainda não comi ninguém."

Ricardo contou, detalhadamente, toda odisseia que estava vivenciando nessa etapa da vida. Por fim, concluiu: "Não dá para entender porque essa menina se ofereceu tanto para mim."

"Qual o nome dela?"

"Mirtes. Não é, bem, esse nome. É um nome de origem russa." Concluiu: "Vanderlei. Você pode não acreditar, mas ela é uma loura lindíssima."

"E você está gamado por ela. É isso?"

Ricardo não respondeu. O irmão prosseguiu na sua análise: "Sabe como é. ***Pobre quando vê muita esmola, desconfia.*** Esta pequena está me parecendo ser uma *Pistoleira* muito sabida. Na segunda vez que te vê, se atira nos teus braços? Não dá para acreditar."

Ricardo discordou: "Você está é despeitado. Só porque gostou de mim, é uma *Pistoleira*? Sai dessa. A menina é joia."

"Joia, porra nenhuma, Ricardo. Assim que ela te levar para cama, vai te chantagear. Escreve o que estou dizendo."

Ele rebateu o comentário: "Você está procurando chifres em cabeça de mosquito, A garota não é nada disso."

A discussão se prolongou até Vanderlei deixar o irmão em frente ao edifício onde morava. Ao se despedirem, o policial lembrou: "Neste domingo é o aniversario da mamãe. Você vai lá?"

"Vou. Claro."

Cerca de uma hora depois, Elisabete chegou com as crianças. Ele assistia a um programa de televisão. "Meu amor". Você chegou cedo. Algum problema?"

"Não. Vanderlei me deu uma carona. Só isso."

"Você não me telefonou. Estava preocupada. Que foi que o médico achou do exame?" Ele beijou-a, antes de responder: "Ainda não levei o resultado para ele." Ela demonstrou certa apreensão: "Está bem, amor, mas o que deu no exame?"

"Confirmou as suspeitas do Dr. Flavio. Aneurisma no coração."

Ela ficou apreensiva, mas preferiu não demonstrar. Permaneceu silenciosa. Mais tarde, na intimidade do quarto, voltou ao assunto: "Você não ia ver outro médico?"

"Estou pensando em consultar um especialista – o Prof. Cesar, do IASERJ."

"Quem te indicou esse médico?" Ricardo sentiu o coração disparar. Procurou, em vão, dar naturalidade à voz: "Foi um colega da Repartição."

Como se seu subconsciente houvesse percebido a indecisão do marido, ela perguntou: "Você agradeceu àquela mulher pela realização do exame?"

Ele procurou dissimular: "Que mulher?" Elisabete reagiu: "Não se faça de bobo. Aquela que marcou teu exame."

"Ah! Lembro. Não. Não tive oportunidade."

Ela mudou o foco da sua preocupação: "Quando você vai a esse Professor?"

Ricardo, mais aliviado, respondeu: "Na segunda-feira."

"A propósito," disse ela, "comprei um par de pantufas muito bonito para tua mãe, de aniversário. Ela vai amar."

"Fizeste bem," disse ele. E, ainda, sob o efeito dos momentos vividos com Mirtes, amou sua mulher.

Capítulo III

Na sexta-feira, às vinte e trinta, no Aeroporto Internacional do Galeão, pousou um avião comercial procedente de Londres. Os passageiros, seguindo as normas impostas pelas leis brasileiras, seguiam apressadamente, um após outro, para a Policia Federal, semelhantes a gado sendo conduzidos para o matadouro, a fim de liberação dos passaportes.

Um casal, ele aparentando ter pouco mais de cinquenta anos, louro, olhar penetrante, levemente calvo, corpanzil avantajado, mas ainda bastante ágil para idade, ela, também loura, na quarta década de vida, dirigiu-se ao guichê. O policial perguntou: "Fala Português?."

"Sorry," respondeu o passageiro, enquanto a mulher tomava a frente: "Meu marido não fala Português. Eu falo."

"Passaportes," pediu o funcionário. A mulher atendeu: "Este é do meu marido, Victor Lemgruber e este é o meu, Sonya Lemgruber."

O rapaz carimbou os documentos emitidos pela Alemanha, perguntando em seguida: "Quanto tempo os senhores vão passar no Brasil?"

"Cinco dias," disse a mulher, "estamos em lua de mel."

Surpreso com a fluência em Português, o funcionário disse: "Você fala muito bem a minha língua. Onde aprendeu?" Ela, bastante afável, respondeu: "Minha mãe é brasileira."

O casal foi liberado e continuou na sua peregrinação para recolher a bagagem. Em seguida, tomou um taxi para Copacabana. Conversavam em russo: "Sonya. Você falou demais com a Policia Federal."

"Sei o que estou fazendo, Boris."

"Não me chame de Boris!" vociferou, "Não esqueça de que aqui nós somos casados e meu nome é Victor!"

"Está bem, Victor", ela acentuou o nome, "não vou me esquecer."

Ele continuou com a reclamação: "E tome cuidado com o que diz. O motorista pode perceber."

"Este risco não existe no Brasil, B.." ela ia dizendo "Boris" mas corrigiu a tempo, "Victor. Aqui só se fala Português. Às vezes você encontra um motorista que fale um pouco de Inglês. De Russo, nunca!"

Chegaram ao Hotel Meridien por volta das dez horas da noite.

Uma vez hospedados, as malas arrumadas no quarto, o homem sugeriu: "Sonya. Já que nós estamos fazendo o papel de "marido e mulher" não seria nada de mais se nós tornássemos isto mais real. O que você acha?"

Ela reagiu com violência: "Vá se f...! Nosso trato foi só a representação. Ademais, você não faz meu tipo."

Victor não insistiu, passando a falar de trabalho: "Você tem o telefone do Dendém?"

"Tenho."

"Liga para ele informando que já chegamos."

Ele pensou uns segundos, complementando o pedido: "Acho melhor não ligar do hotel, mas de fora. Estes telefones podem estar grampeados."

Ela discordou: "Pouco provável neste País. Ademais, ninguém sabe que estamos no Rio de Janeiro."

"Concordo, mas é melhor não arriscar. Da janela do quarto, dá para ver uma serie de quiosques na orla da praia. Vamos descer para beber qualquer coisa e você aproveita e liga de um telefone público." Concluiu, perguntando: "Deve haver muitos telefones públicos por aí. Não?"

"Há, sim. Vamos", ela disse.

Ele recomendou: "Lá fora, só fale em alemão. Lembre-se que para qualquer um, nós somos alemães."

Em pouco tempo alcançaram a orla, caminhando em direção ao Posto dois.

Num dos quiosques sentaram à uma mesa e a mulher pediu duas cervejas. Ela procurou um telefone público próximo e discou. Atendeu uma voz masculina: "Oi! Quem está falando?"

"Queria falar com Dendém."

"Que Dendém, porra nenhuma," respondeu asperamente, "Aqui não tem ninguém com esse nome." Sonya não se intimidou, respondendo: "Diga que o Boris chegou."

Houve um instante de indecisão do outro, como se estivesse consultando alguém mais. Outra voz atendeu: "Aqui é o Dendém. Quem está falando?"

"É a Sonya, parceira do Boris. Acabamos de chegar."

"Porra. Vocês deveriam ter chegado ontem. Achei que tinham desistido do negócio."

"Nós nos atrasamos por causa da emissão dos passaportes."

"Vocês estão hospedados em que hotel?"

"Hotel Meridien."

"Você está ligando do hotel?", perguntou, meio apreensivo.

"Não. Estou falando de um telefone público, na orla."

"Ainda bem! Todo cuidado é pouco." Mais tranquilo, Dendém explicou: "Escute aqui, D. Sonya. Diga ao seu sócio que o negócio está chegando na quarta-feira, de madrugada. São duzentas maçãs da melhor qualidade colhidas no nosso jardim. É material de primeira. Se ele pretende analisar a mercadoria, terá que vir até aqui."

"Aqui, onde?"

"É melhor não dizer, pelo telefone. Sabe como é. Prudência e caldo de galinha nunca são demais."

Sonya estava acostumada àquele linguajar, respondendo positivamente. Indagou: "Como chego ao jardim?"

"Isto não será problema. Na quarta-feira, pouco depois da meia-noite, vou mandar o Djalma apanhar vocês."

Sonya contestou: "Quem é este cara? Como vou reconhecê-lo?"

"Calma. Ele é de minha total confiança, meu braço direito. Ele é negro e usa, sempre, uma camisa branca e uma calça jeans," concluindo: "Não tem erro."

A mulher estava apreensiva: "Não sei como ele vai nos encontrar. Nós estamos na praia."

O traficante procurou acalmá-la: "Tem algum prédio perto de onde você está?"
"Tem um quiosque."
"Qual o nome dele?"
"Não sei. Tem escrito em letras garrafais a palavra SOCOCO."
"Ah!, Sei qual é. Fica quase na esquina da avenida onde está o Hotel Meridien."
"Isso mesmo."
Ele ainda perguntou: "Como você está vestida?"
Ela fez uma descrição detalhada da roupa enquanto seu interlocutor anotava. Em seguida finalizou: "Na quarta-feira, depois de uma da madrugada, volte com a mesma roupa a esse mesmo quiosque SOCOCO e aguarde a chegada do Djalma, Ele vai encontrar vocês e trazê-los para cá. Até lá, divirtam-se em Copacabana."
Desligou.

Capítulo IV

Pouco depois de deixar o irmão em casa, Vanderlei chegou na 19ª Delegacia. Na sua função de detetive de homicídios, tinha total liberdade de movimentação e exploração. Tomou algumas medidas urgentes relativas ao serviço e, pouco antes de encerrar seu expediente, resolveu verificar todo o cadastro das prostitutas da Tijuca.
Achou duas com o mesmo nome de guerra, Mirtes. De acordo com o registro, uma tinha dezesseis anos e a outra, apenas doze, tendo sido encaminhadas ao Juizado de Menores. Nenhuma se encaixava com a descrição de Ricardo. Chegou à conclusão de que o pivô da história do irmão ainda não tinha registro na D.P.
Deixou a delegacia e, algum tempo depois, chegava a casa.
Sua mulher, Sara, o esperava: "Van. Você chegou bem na hora. Veja o boletim do teu filho. Três notas "I" e a maior nota foi um "C".
A mulher se referia ao único filho do casal, Eduardo, já com onze anos.
O pai olhou, de relance, o boletim enquanto o filho simulava assistir a um programa infantil na televisão da sala de estar, mas prestando atenção à atitude dos pais. "É uma vergonha", disse ele enquanto a mãe vociferava, junto ao filho: "Uma semana sem ver televisão! Desliga esta porcaria e vá para o quarto. Quero ver você estudando até a hora de dormir!"

Meio a contragosto, o garoto obedeceu. A mãe, ainda, ordenou: "E tome banho antes de dormir! Não deite na cama com o uniforme do colégio!"

Serenados os ânimos, após o jantar, a mulher comentou: "Elisabete me telefonou preocupada. Disse que teu irmão tem problema cardíaco. Você soube alguma coisa sobre a doença dele? Ele te falou sobre isso?"

"Elisabete deve estar exagerando. O Ricardo não tem nada."

Sara duvidou da impressão do marido: "Ela me pareceu bastante preocupada. Como você acha que não é nada?"

Vanderlei esboçou um sorriso: "Dei uma carona para ele, hoje. Sabe onde estava?"

"Não tenho a mínima ideia."

O marido prosseguiu, demonstrando certa ironia nas palavras: "Ele estava na Rua do Riachuelo, num ponto de ônibus, reduto das "piranhas". Não é atitude de quem está com problemas no coração." Concluiu, zombeteiramente, enquanto ligava a TV no quarto do casal: "Só se for outro tipo de doença."

A mulher entendeu a alusão. O cunhado trabalhava no *Piranhão*, bem longe de onde o marido o apanhara. Ele, com toda certeza, deveria ter saído de algum dos inúmeros prostíbulos ali existentes. No fundo, ela se regozijara com a informação, pois nutria velada antipatia pelo casal que se vangloriava de serem os certinhos, atribuindo a Vanderlei, injustamente segundo ela, uma vida desregrada só pelo fato de ser policial. A antipática Elisabete precisava saber das andanças do marido "fiel". Perguntou: "Ricardo vai ao aniversario da tua mãe?"

"Ele me disse que sim." Enquanto prestava mais atenção ao noticiário, complementou: "Você comprou o presente dela?"

"Comprei um xale."

O marido contestou: "Porra. Não tinha coisa melhor para comprar?"

"Está muito bom para ela. Aquela megera não merece mais do que isso."

O marido calou-se, preferindo não polemizar com a mulher.

No domingo toda a família se reuniu na casa dos pais do marido. Filhos, netos, noras, além de um casal amigo. Elisabete, às voltas com o bebê de oito meses, não dava muita atenção ao filho de três anos que se juntara ao primo de onze transformando a casa dos avós num parque de diversões.

Sara estava ansiosa, procurando uma oportunidade para conversar com a concunhada quando ambas estivessem longe dos maridos.

Surgiu a chance logo após cantarem o *Parabéns pra você* e Sara apressou-se a comentar da forma a mais natural possível: "Na sexta-feira o Vanderlei encontrou teu marido lá na Rua do Riachuelo. Aquela é uma zona brava, cheia de prostitutas. O médico dele tem consultório por ali?"

Elisabete sentiu a ironia da outra, mas não se deixou levar, respondendo: "Tem, sim. É por ali, mesmo."

Terminada a comemoração, na volta para casa, Elisabete resolveu esclarecer a insinuação da concunhada: "Onde você encontrou com o Vanderlei, na sexta-feira?" Ele se assustou com a pergunta, fingindo não entender: "Que sexta?"

Pela expressão do rosto da mulher Ricardo aquilatou que ela sabia de alguma coisa mais e, certamente, o irmão havia falado mais do que devia. Nervoso, começou a gaguejar: "Você quer dizer anteontem?"

"Isso mesmo. Onde você estava?" Ele procurou a resposta mais óbvia: "Estava saindo do IASERJ."

"Que mentira é essa, Ricardo?" Ela estava cada vez mais agressiva: "Teu irmão te apanhou na Rua do Riachuelo. O que você fazia lá? Procurando prostituta? É isso?" Ele tentou acalmá-la: "Meu amor. Quem inventou uma besteira dessa? Eu estava preocupado com o resultado do exame. Andei a esmo. Não sei onde o Vanderlei me encontrou. Pode ter sido, mesmo, na Rua do Riachuelo. Não me lembro."

A explicação pareceu satisfazer. Depois, mais calma, desabafou: "Aquela jararaca da tua cunhada adora me provocar. Ela insinuou que você estava à procura de prostitutas."

Mais tranquilo, ele respondeu: "Querida. Nosso amor não precisa de prostitutas para complementação."

Na segunda-feira, pela manhã, Ricardo estava ligeiramente ansioso, embora não demonstrasse. A mulher, entretanto, observava, atentamente, o comportamento do marido que, sem perceber, levou mais tempo no banho e na escolha da roupa para trabalhar.

Foi o primeiro a chegar à Repartição. Por volta das dez horas, procurou o Dr. Flavio, no Posto Médico, levando os exames. Esperou algum tempo para ser atendido. Quando o médico o recebeu, surpreendeu-se: "Como você conseguiu fazer os exames tão rápido? Foi em laboratório particular?"

Ricardo esboçou um sorriso, antes de responder: "Não. Foi no IASERJ, mesmo."

"Meus parabéns. Você conseguiu o impossível. Ser atendido com tanta presteza", respondeu com ironia. Em seguida, depois de examinar, detalhadamente, o resultado da cinecoronariografia, o médico disse: "É isso mesmo. Você tem um aneurisma na Artéria Coronária Direita."

"E aí, doutor? Que devo fazer? É grave?"

"Ricardo. Não sei há quanto tempo você tem essa lesão. Por enquanto, ela é assintomática, mas nada impede que isto se altere. Minha orientação é corrigir essa anomalia antes que o pior possa ocorrer."

"E essa correção é perigosa?" Flavio relutou em responder. Procurou, cuidadosamente, as palavras: "Atravessar a rua é perigoso. Toda ação tem seus riscos. E esta correção, embora segura, sob o ponto de vista médico, não é isenta de perigos."

"E onde poderia fazer esta correção?"

"No próprio IASERJ. Lá trabalha uma equipe muito experiente neste tipo de cirurgia." Ato continuo, acrescentou: "Se você quiser, posso lhe dar um encaminhamento."

"Faça isso, doutor."

Ricardo estava preocupado, achando que possuía uma bomba-relógio no coração. Entretanto, aguardava, ansioso, o telefonema da sua protetora.

Lembrou-se de telefonar para o irmão. Depois de algumas tentativas frustradas, conseguiu falar: "Porra, Vanderlei. Você me deixou em palpos de aranha. O que você contou à Sara sobre meu encontro com aquela garota?"

"Que garota?"

"A Mirtes, porra. Aquela loura que você disse que era uma *Pistoleira*."

"Não disse nada. Só falei que te apanhei na Rua do Riachuelo e te levei para casa. Só isso."

Ricardo tranquilizou-se. Seu segredo ainda estava a salvo. Teria que tomar muito cuidado, evitando que sua mulher pudesse desconfiar de alguma coisa. Despediu-se do irmão e passou a aguardar o telefonema da Mirtes.

Vanderlei ficou preocupado. Pelo tom de voz, percebeu que Ricardo estava fascinado pela mulher o que, sem dúvida, iria afetar seu relacionamento com a cunhada, caso ela viesse saber. Tinha a firme convicção de que era uma aventureira, pois nenhum outro tipo de mulher iria, literalmente, se atirar nos braços de um rapaz na segunda vez que o visse, por mais lindo que ele fosse. E Ricardo estava longe disso.

Resolveu investigar. Tinha poucos dados, mas era um começo. Essa tal de Mirtes deveria ser conhecida no meio das prostitutas e ele, como policial, poderia localizá-la
facilmente.

Deu andamento a alguns processos sob sua responsabilidade e, pouco antes da hora do almoço, saiu da delegacia dirigindo a viatura policial indo, diretamente, ao Santuário de Fátima. Estacionou na Rua do Riachuelo, sob uma placa de trânsito onde se lia *Proibido Estacionar*, próximo à igreja e seguiu a pé.

Quando entrou, estava sendo celebrada uma missa. Teve que aguardar algum tempo até que ela terminasse e os fiéis se retirassem.

Alguém, que ele identificou como sendo o sacristão da igreja, o observava, curioso. Ele o procurou: "Desculpe. Sou policial e estou à procura de uma mulher chamada Mirtes, que costuma vir a esta igreja. Preciso muito falar com ela. O senhor, por acaso, conhece alguém com este nome?"

"Meu caro, é impossível dizer, sem um retrato da pessoa. Só pelo nome, Mirtes, não há como saber se ela é frequentadora da igreja. Sinto muito não poder ajudar."

Vanderlei deixou o recinto sentindo-se meio frustrado pelo papel de idiota que fizera. Mas não desistiu.

O número 169 daquela rua lhe trazia inúmeras recordações hilariantes. Seguiu para lá e entrou no inferninho. Um homossexual o recebeu: "Doutor!", saudou-o de uma forma extremamente afetada, "Há tempos que o senhor não nos visita...!" E, dirigindo-se para as jovens mais afastadas: "Meninas! O doutor delegado chegou."

Quase que imediatamente, duas garotas om trajes sumários se aproximaram. O visitante esclareceu o motivo da visita: "Odete! Estou a serviço. Não vim me divertir. Além do mais, sou detetive. Não sou delegado."

"Um pouco de diversão não impede o trabalho," contestou o homossexual.

"Concordo, mas hoje estou sem tempo. Meu objetivo é saber se alguém conhece uma companheira de vocês cujo nome é Mirtes."

Uma delas se aproximou: "Eu conheço. Ela costuma fazer ponto na esquina da Gomes Freire com a Riachuelo." Vanderlei se animou. Perguntou: "Como ela é?" . .

"É uma coroa de seus trinta e cinco, quarenta anos", respondeu a jovem de dezoito. O detetive julgou possível a identificação e resolveu esclarecer um pouco mais: "Essa Mirtes é loura ou morena?"

"Não," esclarecia, "é uma negra, mas muito atraente, muito bonita."

O rapaz viu desvanecer-se a esperança. Em vão tentou achar um caminho para encontrar a pessoa. Deixou o local sem qualquer pista que pudesse levar à Mirtes.

De repente, lembrou-se da história contada pelo irmão, ocorrida no bar na esquina da Rua do Senado e da gorjeta polpuda dada ao garçom. Foi até lá.

Ricardo ignorava as ações paralelas do policial. Estava ansioso. Nunca as horas escoaram com tanta lentidão. Nunca o trabalho foi tão enfadonho e nem o tilintar do telefone da Seção onde trabalhava lhe causara tanto sobressalto.

Às quatro da tarde, a Seção quase vazia de funcionários, Ricardo foi chamado ao telefone. Apressou-se a atendê-lo, coração acelerado; porém, mais uma decepção. Era Elisabete perguntando sobre o parecer do médico.

"Ele disse que é necessário corrigir a anormalidade o quanto antes. Até me deu um encaminhamento para o IASERJ," informou.

"E você já foi lá?"

"Ainda não, mas vou agora."

Despediu-se da mulher, saindo em seguida, certo de que o telefonema esperado não iria mais ocorrer. Chegou ao Hospital pouco antes das cinco, dirigindo-se à Recepção: "Boa tarde. Pode me ligar com a Mirtes, na Diretoria?" A funcionaria respondeu sem refletir, como se fosse uma gravação: "A esta hora não há mais ninguém na Diretoria. Só amanhã, a partir das nove horas."

Ele estava decepcionado. Jamais aguardara, com tanta ansiedade, um telefonema. Não se conformou com a informação. Tinha que ter certeza de que sua ilustre desconhecida não mais estava no Hospital.

Evitando ser percebido pelos funcionários, esgueirou- se pelos corredores e escadas e foi até a sala da Diretoria. Apesar de fechada, a luz interna estava acesa.

Relutou em bater. Não saberia o que responder caso encontrasse outra pessoa. A ansiedade, entretanto, venceu o medo. Verificou se a porta estava trancada. Não estava. Abriu. Entrou, o coração batendo aceleradamente. Em uma das mesas, ainda trabalhando, uma mulher o encarou, com franco sorriso no rosto. Estava sozinha. Era Mirtes.

Por longo tempo abraços e beijos se alternaram num frenesi de louca paixão sem que uma palavra sequer fosse proferida. Por fim, um pouco mais calmo ainda abraçado à jovem, ele confessou: "Aguardei, angustiado, o dia inteiro, teu telefonema. Nada. Estava ficando louco."

"Meu amor. Não tive tempo. Estava assoberbada de trabalho. *Me* desculpe."

"Eu quero você!", disse ele.

"Querido! Aqui, não. Alguém pode chegar, de repente."

Ele replicou: "Eu tranquei a porta, quando entrei."

Uma sequencia de beijos e abraços sensuais tomou conta dos amantes. Um sofá que decorava a sala da Diretoria serviu como leito nupcial. Ela murmurou, carinhosamente, no ouvido de Ricardo: "Eu nunca transei com ninguém antes, meu amor. Sou totalmente virgem." O efeito dessa frase foi recrudescer ainda mais um desejo incontrolável de possuí-la.   Em pouco tempo ambos, totalmente nus, se extasiavam numa repetida comunhão carnal até atingirem o esgotamento físico.

Enquanto isso, distante dali, Vanderlei encontrou o bar, uma birosca com algumas mesas no seu interior. Não foi difícil achar a única pessoa trabalhando, ao mesmo tempo como garçom e caixa. Àquela hora, casualmente, estava vazio. Entrou e cumprimentou o funcionário: "Boa tarde," disse, identificando-se, "Sou detetive policial e estou procurando uma mulher de nome Mirtes. Por acaso conhece alguma com esse nome?"

"Não, senhor."

Ele esperava por esta resposta. Perguntou em seguida: "Na sexta-feira passada um rapaz entrou com essa mulher para tomar água mineral. Deve ter sentado numa dessas mesas. Por acaso se recorda?"

O garçom pareceu se incomodar com as perguntas: "Senhor. Muita gente entra aqui durante o dia. É impossível memorizar o rosto de todas."

Vanderlei concordou, acrescentando: "O senhor tem toda razão, mas este rapaz pagou com uma nota de vinte reais e não exigiu o troco. Lembra-se disso?"

O outro esboçou um sorriso antes de responder: "Sim. Lembro-me, perfeitamente."

"Ótimo", disse o detetive, "A mulher que estava com ele é alguma frequentadora habitual?"

O garçom franziu o cenho: "Do que se trata, Detetive? Algum crime foi cometido?" Vanderlei procurou tranquilizá-lo: "Não. Negativo. O rapaz é meu irmão e acho que ele está sendo chantageado por essa mulher."

Essas palavras fizeram com que o rapaz mudasse de atitude, deixando de colaborar: "Senhor Detetive. Não quero fazer parte disso. Já me bastam os problemas diários que enfrento."

O Policial insistiu: "Só quero saber se o senhor conhece a mulher que estava com ele. Só isso."

O barman se aborreceu: "Não vi mulher nenhuma. Ele tomou duas garrafas d'água, pagou e foi embora. É só isso que tenho a dizer."

Vanderlei deixou o bar sem compreender a razão da atitude do indivíduo, sua total falta de colaboração. Não havia como obrigá-lo. Perdera a tarde toda e não conseguira saber nada sobre a loura que o irmão conhecera.

Consultou o relógio. Eram cinco e meia. Uma última tentativa ainda poderia ser feita. Rumou para o IASERJ.

Conduzir uma viatura policial tinha suas vantagens. Ele estacionou dentro do Hospital. Dirigiu-se à Recepção: "Boa tarde. Sou Detetive da Policia Civil e estou à procura de uma funcionaria chamada Mirtes. Onde posso encontrá-la?"

Não houve colaboração: "O senhor deve procurar o Serviço de Pessoal das nove às três da tarde para informação."

Era inútil continuar. Teria de voltar no dia seguinte. Entretanto, antes de voltar para a viatura, resolveu fazer um lanche no bar em frente ao IASERJ.

Ricardo e Mirtes haviam terminado a maratona amorosa e se preparavam para sair. "Meu bem," dizia ela, "não podemos sair juntos. Você sai na frente. Saio em seguida e te encontro na porta do Hospital. Está bem?" Ele concordou e, em poucos minutos, a aguardava em frente ao portão principal, na Avenida Henrique Valadares.

Coincidentemente, Vanderlei tomava seu lanche, desanimado com a busca infrutífera. Casualmente, olhou para a entrada do estabelecimento, reconhecendo a figura do irmão. Resolveu chamá-lo, mas deteve-se ao observar, pela sua atitude que ele parecia aguardar a chegada de alguém.

Raciocinou. Só poderia ser a *Pistoleira*. Por um momento, lastimou ter deixado a máquina fotográfica, sua ferramenta imprescindível de investigação, dentro da viatura estacionada no pátio interno. Não tinha como fotografá-la.

Ricardo, alheio ao fato de estar sendo observado, esperava a amada. Pela maneira como ela se aproximou, impecavelmente maquiada, um olhar sedutor para o rapaz, dir-se-ia que era a visão de alguma maravilhosa ninfa do paraíso. Ele ficou deslumbrado ao vê-la e, não se contendo, abraçou-a num beijo caloroso.

"Querido", ela murmurou, "estamos na porta do meu trabalho. Vamos ser discretos." Ele se conteve. Ofereceu-lhe o braço e seguiram para o ponto de ônibus na Avenida Mem de Sá.

Passaram em frente à lanchonete onde se encontrava, discretamente posicionado, Vanderlei. O ônibus chegou e o casal seguiu seu destino.

Vanderlei estava atônito, sem saber como agir perante a cena que presenciara. Viu o irmão aguardar a vinda de alguém, viu-o abraçando, conversando e seguindo, a pé, dando o braço e tomando o ônibus. Entretanto, um detalhe não se encaixava:

Não havia ninguém com ele!

E, à medida que caminhava, os passantes o encaravam, deixando transparecer um pouco de compaixão - ou era zombaria? - pelo rapaz que falava sozinho.

Vanderlei anotou o número do veículo e, rapidamente, tornou a viatura, disposto a segui-lo.

Capítulo V

Apesar do tráfico intenso de fim de tarde para a Tijuca, dirigindo uma viatura policial, não foi difícil alcançar o ônibus. Ele sabia que Ricardo iria saltar na Praça Saenz Pena; Manteve- se atrás, a certa distância do veículo.

Chegando à entrada da Rua Major Ávila, manobrou a viatura e aguardou, pois sabia que ele passaria por ali. De fato. Viu-o descer do ônibus, agir como se estivesse beijando alguém, aguardar uns instantes e seguir para casa.

Ricardo surpreendeu-se ao ver o irmão, esperando-o na entrada da rua: "Vanderlei! O que você está fazendo aqui, a essa hora?"

Ele não respondeu, limitando-se a olhá-lo, deixando transparecer toda sua preocupação.

O outro percebeu: "Que cara é esta, mano? Que bicho te mordeu?"

Por fim, Vanderlei perguntou: "Você está se sentindo bem?"

"Estou ótimo. Não poderia estar melhor. Você é que me parece doente. O que está havendo contigo?"

O Policial não sabia como abordar o problema. Deveria dizer que o vira falando sozinho enquanto as pessoas o olhavam pensando que estava louco ou tentar descobrir o que se passava? Optou pelo caminho menos traumático. Perguntou: "Você tem visto a Mirtes?"

"Viemos, juntos, no ônibus. Você precisava vê-la. Ela é linda."

Até aquele momento eles estavam parados, junto ao carro. Vanderlei convidou: "Entra aí. Vou te levar em casa. A gente vai conversando."

O trânsito pesado obrigava-o a dirigir vagarosamente. Sua atenção, porém, estava ligada às palavras do irmão: "Vanderlei," dizia, "não vai contar a ninguém, principalmente, à linguaruda da Sara e nem à mamãe. Não quero preocupá- las."

"Claro, Não vou contar porra nenhuma."

Então, como se não pudesse conter dentro de si o segredo, desabafou: "Transei com a Mirtes na sala da Diretoria do IASERJ."

O policial não se mostrou surpreso, procurando não demonstrar descrença ou preocupação: "Foi bom?"

"Bom? Porra, Vanderlei. Foi estupendo! Maravilhoso! Deslumbrante. E uma surpresa. Ela nunca havia transado na vida. Foi a primeira vez, comigo. Dá para acreditar?" "Acredito", respondeu sem qualquer entusiasmo. Prosseguiu, medindo, cuidadosamente, as palavras: "*Me* diga uma coisa, Ricardo. Quando vocês estão juntos, conversam com alguém mais?"

"Claro que não! Tomamos o máximo cuidado para que nenhum conhecido nos veja." Ricardo, sem entender onde o limão queria chegar, protestou: "O que você acha que deveria fazer? Cumprimentar todo mundo e assumir o risco de alguém contar para minha mulher?"

"Não. Nada disso." Vanderlei procurou ser mais natural: "Só queria lembrar que vocês se arriscaram quando entraram naquele boteco da Rua do Senado". Continuou: "Conversaram com o garçom?" Ricardo começou a ficar irritado: "Óbvio. Mas aonde você quer chegar?"

O Policial lembrou-se das palavras do barman dizendo que ele estava só. Não insistiu, dizendo apenas: "Curiosidade. Nada mais."

Passaram a falar sobre amenidades. Deixou o irmão em casa e seguiu para a Delegacia.

Ricardo não entrou em casa. Ao contrario, voltou para a Rua Major Ávila onde inúmeros floristas ocupavam a rua outrora destinada ao

Mais um tempo de espera. Por fim a resposta: "Posso marcar para amanhã, às sete horas da manhã, uma consulta de emergência para o senhor. Mais alguma coisa?"
"Não. Obrigado."
Vanderlei achou prudente não comentar com a família sobre a doença mental do irmão antes de consultar a Psicóloga.

Na manhã seguinte, uma terça-feira, Ricardo saiu cedo, indo para a Prefeitura com a recomendação da mulher de procurar a equipe médica indicada pelo Dr. Flavio. Ele evitou dizer que esperava o parecer do Dr. Cesar, indicado pela Mirtes.
Eram dez da manhã quando ele saiu da Repartição, indo para o IASERJ onde deveria encontrar sua amada. Ela não apareceu.
Frustrado, procurou a equipe indicada no encaminhamento.
Eram quase duas da tarde quando Ricardo foi examinado pela equipe do Prof. Mario Henrique. Depois de analisar todos os exames, o diagnóstico foi contundente: Havia necessidade urgente de intervenção cirúrgica.
Duplamente frustrado pelo diagnóstico e pela ausência da amante, resolveu procurá-la na Diretoria.
Em vão. Pensou que talvez ela estivesse no Santuário de Fátima. Foi até lá. Quando se aproximou do local, avistou-a no alto da escada.
Como que por encanto, toda a frustração desapareceu quando a abraçou com paixão: "Meu amor. Estava desolado quando não te encontrei. Achei que não iria mais te ver."
"Eu imaginei. Sabia que você viria me procurar aqui na Igreja." Ela continuou: "Falei com o Dr. Cesar sobre teu problema. Ele achou melhor que você fosse encaminhado à equipe do Dr. Mario."
Ricardo ficou surpreso: "Você não me disse que ele é o melhor Cardiologista da Brasil? Por que enviar a outro médico?"
"Ele é clínico," ela explicava, "e o teu caso é cirúrgico. Foi por isso que ele julgou melhor te encaminhar."
Somente no fim da tarde ele voltou, rapidamente, à Repartição enquanto Mirtes o esperava para retornarem, juntos, à Praça Saenz Pena. Ele estava feliz.

Paralelamente, na terça-feira, pela manhã, Vanderlei foi recebido pela Dra. Beatriz. Antes de iniciar a consulta, ela ajustou o gravador e o cronômetro. Disse: "Temos uma hora para conversar. Qual é o seu problema?"

A Psicóloga ouviu, atentamente, toda a história envolvendo Ricardo. Instada a dar opinião sobre o caso, disse: "É muito difícil dar um diagnóstico sem examiná-lo. Seria necessário trazê-lo para um análise mais efetiva."

"Compreendo, doutora, mas como agir com ele? Ignorar, achando que tudo é normal?" Vanderlei insistiu: "Ele está doente e precisa de ajuda."

Beatriz refletiu por um momento. Disse: "Há casos na literatura médica de pessoas relatando intercursos carnais com entidades espirituais. Quando ele soube do problema cardíaco, imaginou que sua vida estava prestes a terminar. Provavelmente, sentiu-se desamparado, achando que a mulher só queria saber dos filhos, deixando-o em segundo plano..." Vanderlei a interrompeu: "Doutora. Ele e a mulher sempre se amaram muito..."

"Você não percebeu onde quero chegar. Todo casal, durante a fase de namoro e noivado, é envolvido por uma paixão intensa que os ajuda a se conhecerem melhor. Com o casamento e nascimento de filhos, a natureza quase que obriga a mulher a mudar seu foco principal de interesse, deslocando-o para os filhos. Uma explicação plausível para este surto esquizoide do seu irmão seria uma reação ao amor da mulher, agora deslocado para os filhos. Não querendo trair a esposa, criou esta fantasia esquizofrênica."

"Mas ele não acha que é fantasia", contestou.

"Sei disso. Provar que tudo não passa de um truque da mente transcende até a própria Ciência."

O Policial esboçou um ar de total incompreensão: "Desculpe, Doutora. Não compreendi."

"Eu explico melhor," disse ela, "A realidade das coisas se baseia na verdade ingênua transmitida pelos nossos sentidos. Se eles falharem ou transmitirem diferentemente para cada indivíduo, haverá inúmeras realidades."

Vanderlei não aquilatou, perfeitamente, a explicação, mas não quis polemizar, pois o tempo estava se esgotando. Perguntou: "Muito bem, Doutora, mas como ajudá-lo a sair desta crise?"

"A esposa deve se conscientizar deste problema e procurar demonstrar que ainda o ama tão intensamente como antes do casamento. Dessa maneira, a fantasia perderá força e desaparecerá espontaneamente, sem necessidade de medicação."

O rapaz deixou o consultório uma hora depois do início da consulta. Estava, agora, com mais um problema: Como abordar a cunhada? Pelo que a Psicóloga deixou entrever, a cura estava nas mãos dela. Será que ela se comportaria da maneira esperada ou teria, também, um surto semelhante? Com essas dúvidas em mente, foi para a Delegacia.

A 19ª estava tumultuada. O Delegado Marcio Esteves havia sido chamado para resolver uma queixa de estupro ocorrida no Morro do Borel. A mãe da vítima, transtornada com a descoberta da gravidez da filha de treze anos, acusava o seu amante, o Pai-de-Santo de um terreiro de Candomblé: "Este miserável estuprou a minha filha, doutor! Ela era virgem!"

Ele se defendia: "Eu não a estuprei, Doutor. Ela deu porque quis. Não a forcei a nada."

"Mentira, seu desgraçado!" esbravejava a mãe enquanto a menina simulava um choro, dizendo: "Ele me forçou, sim. Tirou minhas calcinhas e tudo."

O acusado rebatia: "Sua mentirosa, filha da... Na hora você bem que gostou..."

No clamor das altercações, Marcio interveio: "Vamos parar com esses insultos." E, dirigindo-se ao acusado: "Você está nas penas da Lei. Não há intercurso consensual com menor de quatorze anos. A Lei considera, sempre, como estupro." E, dirigindo-se ao Policial: "Recolha-o ao xadrez." Na iminência de ser preso, o Pai-de-Santo se defendia: "Doutor! Eu estava com um *encosto*. Palavra! Não me lembro de nada. Ela não era mais virgem. Juro!"

O Delegado foi implacável: "Você vai curtir seu *encosto* na cadeia, seu pedófilo delinquente."

Foi a primeira vez que Vanderlei ouviu a palavra *Encosto*.

Efetuada a prisão e serenados os ânimos, ele perguntou ao colega: "Chico. Que diabo é *encosto*? O colega esclareceu: "Superstição dessas religiões africanas. Um espírito maligno cola no corpo da vítima."

Ainda preocupado com o irmão, quebrou sua rotina e foi almoçar em casa. Encontrou a mesma luta da esposa, Sara, obrigando o filho Eduardo a se preparar para ir ao colégio.

Após o almoço, a sós com a mulher, perguntou: "Você já ouviu falar em *encosto*?"

"Encosto de cadeira?"

"Não!. Não é este tipo de que estou falando. *Encosto* de coisa ruim."

"Ah! Você está falando de alma ruim?"

"Exato!"

"Minha mãe fala muito nisso. Mau olhado. É coisa de macumba."

Vanderlei retornou à Delegacia.

Próximo ao fim do expediente Marcio convocou seu staff: Todos os policiais foram convocados à sala de reuniões. Quando o Delegado entrou, a porta foi cerrada. Ele tomou a palavra: "Recebemos uma comunicação sigilosa sobre um carregamento de 200 kg pasta de cocaína pura chegando esta madrugada ao Morro do Borel. Todos nós estamos convocados para realizar esta apreensão." Um dos presentes ergueu o braço. "Pode falar, Chico."
"A que horas será feita a operação?"
"Tão logo nosso informante nos envie o sinal. Deverá ser pela madrugada, depois da meia noite." Outro policial perguntou: "Dr. Marcio. A incursão vai ser dentro dos nossos padrões?"
"Como assim?"
"A gente atira e depois pergunta quem é?"
"Não. Deforma nenhuma," contestou o Delegado, "Toda operação será coberta pela Imprensa, transmitida, ao vivo, pela TV. Vamos agir, rigorosamente, dentro da Lei." Outro levantou o braço. "Qual a dúvida, Vanderlei?"
"Doutor. Vai ser extremamente arriscado. Esses traficantes estão armados com fuzis AR-15, de alta precisão. Corremos sério perigo de morte."
"Todos nós vamos usar coletes à prova de balas."
Outro braço se elevou: "Qual a dúvida, Leonardo?"
"A gente sabe que nossos coletes não resistem ao impacto de um AR-15."
O delegado enfatizou: "Por isso, devemos tomar extremo cuidado."
Alguém mais perguntou: "Nós sabemos onde estão as drogas?"
"Estão acondicionadas dentro dos pneus dos carros."
Vanderlei voltou a perguntar: "Se temos todas essas informações, por que não interceptamos os veículos?"
"Boa pergunta," disse Marcio, "essa droga veio da Bolívia, destinada à Ucrânia. A Interpol tem interesse em capturar o intermediário nessa operação, um tal de Boris Yusupov que está no Brasil e deve inspecionar a carga."
"Se já foi identificado, porque ainda não está preso?"
"Ele entrou no Brasil com nome e passaporte falsos. Aguardamos um sinal do nosso informante."
Muitas perguntas ainda foram esclarecidas pelo Policial. Terminada a reunião, todos foram impedidos de sair da Delegacia ou usar o telefone enquanto a operação não fosse deflagrada.
Quando a equipe estava prestes a iniciar o deslocamento, o Delegado informou: "Dois traficantes devem se evadir. Um deles, um negro usando uma camisa branca e calça Jeans, é o nosso

informante. O outro é um traficante que também deverá também escapar com ele para dar credibilidade à fuga do nosso policial. O esquema de abordagem será o seguinte: É normal que algumas vans sejam conhecidas dos traficantes e subam o morro pela Estrada da Independência sem serem interceptadas. Uma delas dará suporte à operação. A equipe nº 1, composta de sete homens, subirá com a van até o nº 2680, nosso objetivo. Um blindado, com a equipe nº 2, fortemente armada, ficará à distancia e se deslocará para o objetivo tão logo a equipe nº 1 faça a abordagem. Neste momento, é esperado intenso tiroteio. É quando os dois comparsas conseguirão se evadir."

Cerca de uma hora da madrugada, o casal Victor e Sonya Lemgruber aguardava desocupar alguma mesa do Quiosque Sococo, praticamente repleto de moças e rapazes, numa algaravia rotineira do bairro.
Aguardaram algum tempo até se posicionarem de frente para a avenida. Agora, era esperar pelo Djalma, de acordo com as instruções recebidas.
Não foi difícil identificá-lo. Às duas da manhã um rapaz, usando uma calça jeans e blusa branca estacionou o carro em frente ao quiosque e perambulou por entre as mesas observando cada uma das mulheres presentes: "Sonya?" ele perguntou. "Sim. Sou eu," ela disse.
"Sou o Djalma. Desculpe pelo atraso. Podemos ir?"
"Sim. Podemos. Deixe-me apresentar. Este aqui é meu marido, Victor."
"Muito prazer."
Àquela hora da manhã o transito estava livre. O rapaz perguntou: "Primeira vez que vocês vêm ao Rio?"
"Sou carioca, Djalma. Conheço bem o Rio. É a primeira vez para o meu marido."
Neste instante, Djalma encostou o carro, parando no acostamento.
"Acho que está havendo um engano. Não são vocês quem deveria encontrar."
"Como assim? Somos nós, com certeza."
"Não são marido e mulher, mas sim, um Ucraniano e..." Sonya interrompeu: "Está tudo certo. Este é o importador. Seu nome verdadeiro é Boris Yusupov e eu sou Sonya Petrov."
"Agora, sim," admitiu Djalma, "vamos embora."

"Onde está o material?" perguntou o Ucraniano. Sonya traduziu a pergunta. "Está no morro do Borel. Acabou de chegar da Bolívia," respondeu, "Daqui a uns vinte minutos a gente chega."

Quando o carro começou a subir a Estrada da Independência, no Borel, Djalma piscou duas vezes em cada curva, um sinal convencionado pelos traficantes de que estava tudo normal.

Tão logo chegaram ao destino, Sonya e Boris foram recebidos pelo chefe do tráfico, conhecido pela alcunha de Dendém.

A carga já havia sido descarregada. Boris abriu um 'kit' de análises químicas e iniciou os procedimentos de comprovação de qualidade do material.

Tudo saiu como planejado. Quando o Ucraniano examinava a droga, foi preso em flagrante. Dos sete indivíduos pertencentes à gangue, dois deles se evadiram, embrenhando- se na mata. Os cinco restantes, entre eles a mulher, foram levados para a 19ª Delegacia, dentro do blindado, juntamente com Boris Yusupov,

Toda operação foi coberta pela televisão.

Enquanto a Delegacia aguardava a vinda da Interpol, Marcio, o delegado e Vanderlei interrogavam Boris e a mulher que servia de interprete do Ucraniano.

Ele era de poucas palavras, falando na sua língua nativa e deixando entrever seu ódio pela colaboração da mulher com os policiais.

Todo interrogatório estava sendo televisionado. Marcio, assumindo uma postura estudada, inquiria o preso:

Qual é o seu nome?" Nenhuma resposta. Ele se dirigiu à mulher: "Ele entende Português?"

"Entende, mas não fala." Nesse momento, o preso disse algo que ninguém entendeu, ameaçando a comparsa e sendo impedido por Vanderlei.

"O que ele disse?" perguntou o Policial.

"Ele quer me matar. Disse que é a minha morte."

O Delegado prosseguiu no interrogatório: "Ele é o Boris Yusupov?"

"É, sim," ela confirmou, sendo novamente ameaçada.

Num dado momento, a Repórter que cobria a ação policial perguntou ao Delegado: "Dr. Marcio. O senhor considerou a operação satisfatória?"

"Sem dúvida. Prendemos o meliante Boris Yusupov, o principal traficante internacional, procurado pela Interpol."

A Repórter pareceu não concordar: "Mas o Dendém, chefe do tráfico do Borel, também procurado, juntamente com outro traficante não identificado, conseguiu se evadir. Isto não prejudicou a operação?"

"Não, De maneira nenhuma. Não sabemos quem é o outro meliante, mas, apesar dessa fuga, a operação foi muito bem sucedida, sem nenhuma baixa."

O interrogatório foi encerrado com a chegada da Interpol levando os prisioneiros para a Policia Central.

Vanderlei chegou a casa pouco depois das dez horas da manhã de quarta-feira. Para sua surpresa, Sara já havia ligado para toda a família avisando que seu marido estava na TV, ao lado do Delegado e dos dois marginais, durante o interrogatório. A reportagem era repetida em todos os canais de noticias.

O Detetive, entretanto, observou que a Mídia dera mais importância ao Delegado e ao traficante estrangeiro. As cenas onde ele aparecia detendo o prisioneiro haviam sido cortadas, mas, assim mesmo, ele era visto em grande parte do noticiário.

"Querido. Você estava lindo, ao lado do Dr. Marcio," explodia, cheia de júbilo, a mulher, ao recebê-lo, "Foi nossa vizinha quem veio me avisar."

Ele limitou-se a beijá-la, sem comentar o ocorrido: "Sara. Estou muito cansado. Trabalhei toda a noite. Preciso descansar."

Acordou ás três da tarde.

O filho ainda não havia chegado do colégio e a mulher não estava em casa. Tomou um banho e saiu. Estava disposto a se encontrar com Ricardo para aquilatar, melhor, aquilo que ele achava ser uma alucinação.

Esperou algum tempo, sentado em um dos bancos da Praça Varnhagem, a passagem esperada do irmão.

Chamou- o, assim que o avistou. Ricardo não parecia preocupado com seu estado de saúde. Ao contrario, deixava transparecer uma tranquilidade paradoxal. "Vanderlei", exclamou ao avistá-lo, "Que diabos estás fazendo, sentado sozinho, na Praça? Esperando alguém?"

"Estava te esperando. Na verdade, queria conversar contigo a respeito daquela mulher."

"Da Mirtes?", ele estava eufórico, "Achou alguma informação sobre ela?"

"Não. Não achei. Você a tem visto com frequência?"

"Acabei de deixá-la na Praça Saenz Pena."

"Você não tem receio que alguém o veja e conte para sua mulher?"

tráfego de veículos. Comprou um buquê de rosas para a esposa e retornou ao apartamento.

Quando Elisabete chegou com as crianças, encontrou o quarto do casal todo ornamentado. Surpreendeu-se: "Bem! O que deu em você? As flores são lindas." O filho, Paulo Ricardo, se aproximou e o pai segurou-o no colo: "Pai! Pra que tantas flores?"

"São para você, para o seu irmãozinho e, principalmente, para a mamãe."

Elisabete o beijou. Depois, passado o momento de euforia, perguntou: "O que foi que o médico disse?"

Ele se mostrou surpreso: "Que médico?"

"Ué! Você não ia sair cedo para ir ao médico do IASERJ? Foi ou não foi?"

Por um momento, ele não soube o que dizer. Timidamente, respondeu: "Eu... não o encontrei. Já tinha ido embora quando cheguei ao Hospital."

A mulher o repreendeu: "Você precisa levar mais a sério este problema. *Me* deu a impressão de que está com medo. Vou com você ao médico. Está bem?"

A menção de a mulher ir com ele ao IASERJ fez sua adrenalina subir ante a possibilidade de se encontrar com Mirtes. Gaguejou ao responder: "N... Não! Não quero... não há necessidade. Vai te atrapalhar."

"A mim, não atrapalha em nada, querido, a menos que você não queira que eu vá."

"Não é isso, amor. Gosto de te ter ao meu lado, mas prefiro ir ao médico sozinho."

O assunto terminou aí.

Vanderlei estava preocupado, achando que Ricardo estava mentalmente abalado. Precisava de alguém que o orientasse.

Lembrou-se do Convênio da Polícia com um consultório de Psicologia destinado a dar apoio aos policiais que se esgotavam na azáfama diária de prender criminosos da pior espécie.

Chegando ao trabalho, ligou para lá. Uma voz feminina atendeu: "Boa noite. Consultório da Dra. Beatriz. Lenisse falando."

"Aqui é o Detetive Vanderlei da 19ª Delegacia. Precisava marcar uma consulta"

A secretária consultou uma agenda: "A Dra. Beatriz só tem hora para sexta-feira da semana que vem. Posso marcar?"

Ele não queria esperar tanto: "D. Lenisse. Nosso convênio prevê consultas de emergência. Não posso esperar tanto."

"Claro. Morro de medo, mas a Mirtes não tem a mínima preocupação com isto."
Vanderlei sondava o irmão, tentando aquilatar até onde ia aquela pseudo "realidade". Provocava: "E você acha que ela se preocuparia em ser vista com você?"
"Claro que não. Mas vou te contar uma coisa. Você apareceu na TV."
"E daí? Saí em todos os noticiários."
"É, mas só soube lá na Repartição, Alguém ouviu o nome Vanderlei Pereira Rego e me chamou para assistir à entrevista. Você estava ao lado de um casal, mas só o Delegado falava com a Repórter."
O policial mal prestava atenção às palavras, tentando achar um meio de demonstrar que tudo sobre a mulher era ilusório, que nada existia de fato. Ricardo continuava relatando a entrevista: "Você não imagina a surpresa que tive!"
"Qual?"
"Aquela mulher, ao lado do gringo, tem o mesmo nome da Mirtes."
Vanderlei olhou-o, incrédulo: "O que você disse?"
Ele repetiu: "A mulher, ao lado do Gringo tem o mesmo nome da Mirtes!"
"Como você sabe disto?"
"Ele a chamou por duas vezes. Ouvi, claramente, o nome dela."
"Você está enganado. Ela não se chama Mirtes."
"Claro que não," ele explicava, "é parecido. Eu é que simplifiquei, chamando-a de Mirtes."
Ele ficou intrigado. Não se lembrava do nome da prisioneira, mas tinha certeza que não era aquele. Curioso, indagou: "Você perguntou à Mirtes se ela também me viu no TV?"
"Perguntei. Acho que viu. Repeti para Mirtes o nome da mulher e ela me confirmou. É o mesmo dela."
Vanderlei preferiu não perturbar, ainda mais, a cabeça do irmão. Mudou de assunto: "Como está a lesão na coronária?"
"A equipe do IASERJ está querendo me operar o quanto antes. Colhi, até, sangue para exame."
"E quando vai ser operado?"
"Não sei, mano. Para falar a verdade, estou apavorado, morrendo de medo."
Os irmãos conversaram durante algum tempo. Logo que Ricardo se despediu, Vanderlei tomou uma decisão. Tencionava esclarecer o nome da traficante. Sabia que os dois detidos estavam na Policia Central. Àquela hora, já passando das seis da tarde, toda cúpula da

Policia teria encerrado o expediente, restando, apenas, seus colegas detetives de plantão.

Seguiu para lá. Apesar do trânsito caótico, a viatura policial chegou com relativa facilidade. Reconheceu de imediato um dos colegas: "Alfredo. Que bom te ver."

"Oi, Vanderlei. O que te traz aqui a essa hora?"

"Vim esclarecer umas dúvidas para o Boletim."

"Aqui na Central?"

"Isso mesmo. Quem está de plantão, hoje, na Carceragem?"

"É o Chicão. Por quê?"

"Preciso falar com a mulher que transferi para cá, hoje de manhã."

"Vai lá. Conversa com o Carcereiro."

O rapaz seguiu. Instantes depois se encontrava com Chicão, um policial veterano cujo apelido fazia jus à sua aparência: Um corpanzil de quase dois metros de altura e pesando mais de cento e trinta quilos.

Depois de esclarecer a razão da visita, o Carcereiro explicou: "Eles estão incomunicáveis. A visita só pode ser liberada após o interrogatório da Promotoria."

"Porra, Chicão! Quem fez a prisão fui eu. A incomunicabilidade é prevista entre os presos e outras pessoas. Não para policiais."

A argumentação funcionou. O funcionário desapareceu no interior da Central, voltando em seguida com a prisioneira.

Numa pequena sala no interior da Central de Policia, o visitante viu-se frente à frente com uma mulher de quarenta e cinco anos, loura, aparentando ter mais idade. Assim que se deparou com policial, ela disse: "Não vou responder a nenhuma pergunta sem a presença do meu advogado."

Vanderlei tentou acalmá-la: "Não se trata de interrogatório, minha senhora. Só queria saber o seu verdadeiro nome."

"Veja na minha identidade que vocês me tiraram."

"A senhora poderia me dizer, por favor?" A mulher relutou, seus olhos vasculharam o ambiente antes de responder: "É Sonya. Sonya Petrof."

Vanderlei contestou: "Mas lembro-me que seu colega Boris a chamou por outro nome."

"Ele nunca me chamou por outro nome."

O Policial insistiu: "Lá na 19ª ele se referiu a você por outra palavra diferente de Sonya."

Ela retrucou: "Você está inventando. Isto nunca aconteceu."

"Ele a chamou de um nome que me soou como Mirtes. Você se recorda?"

Sonya esboçou algo parecido como um sorriso: "Smiertyi. Foi essa palavra que ouviu." O rapaz recobrou o ânimo: "Isso, mesmo. Não é este o seu nome?"

"Que meu nome, porra nenhuma. Ele estava ameaçando me matar."

Vanderlei arregalou os olhos: "Como assim? Não entendi."

"Ele falou em russo: **ya vashi smiertyi** que quer dizer **Eu sou a sua morte**. Por duas vezes ele repetiu essa ameaça." Complementou: "Só porque eu estava colaborando com a Policia."

Por alguns instantes o Policial ficou mudo, estarrecido com a revelação.

Não fez mais perguntas. Agradeceu à mulher e, pouco depois, despediu-se dos colegas. Voltou pura casa.

A entrevista com Sonya deixara mais dúvidas do que esclarecimentos. Não sabia como interpretar a frase '**Eu sou a sua morte**.' Sua impressão era de que a doença mental de Ricardo era muito preocupante. Havia lido qualquer coisa associando alucinações com Esquizofrenia. Seria essa a doença? Fosse ou não, uma coisa não tinha dúvidas: Ricardo necessitava de tratamento e Elisabete precisava estar a par dessas ocorrências.

Capítulo VI

No dia seguinte, quinta-feira, por volta das seis da tarde, Vanderlei estacionou a viatura policial próximo ao edifício onde a mãe da cunhada morava. Sabia que ela, habitualmente, vinha apanhar as duas crianças com a avó, antes de seguir para casa.

Não demorou muito para chegar. Surpreendeu-se quando Vanderlei a chamou:

"Ué! Você por aqui? O que houve? Alguém morreu?"

"Não! Ninguém morreu. A gente precisa conversar. Entre na viatura."

"Não posso, Vanderlei. Tenho que apanhar as crianças."

"É sobre a doença do teu marido."

Elisabete ficou preocupada. Tomou o assento do carona: "O que você sabe a respeito? É muito grave?"

"Mais ou menos. Não sei avaliar direito. O certo é que ele precisa muito da sua ajuda, da sua compreensão."

"Minha compreensão?", Elisabete reagiu negativamente, "Que compreensão? Sobre a doença ou sobre alguma coisa mais? O que ele andou aprontando?"

"Devagar, Elisabete. Teu marido está doente da cabeça, mentalmente doente."
"Como você sabe disso?"
Ele sentiu que, antes de ajudar, estava piorando as coisas. Não teve alternativa senão contar tudo que sabia. A reação da mulher foi de total incredulidade:
"Não me venha com essa, Vanderlei. Você quer que eu acredite que ele me trai só na imaginação, que não tem nenhuma mulher envolvida? Pensa que sou idiota?"
"É sério, Elisabete. Não existe nenhuma mulher. É só imaginação. Eu vi tudo. Juro."
 A mulher, tomada de emoção, desabafou: "Vocês, homens, são todos iguais. Não prestam. Basta ver um rabo de saia que saem feito cachorros atrás de uma cadela."
Ele tentou acalmá-la: "Não é bem assim, Elisabete. Meu irmão não te traiu com ninguém. É só..."
Não chegou a concluir a frase. A mulher, visivelmente emocionada, lágrimas nos olhos, abriu, intempestivamente, a porta do carro e saiu. Ele, pasmo, achando que estava ajudando o irmão, concluiu que pusera tudo a perder e, incapaz de esboçar alguma reação, viu a mulher desaparecer no interior do edifício. Ficou alguns minutos parado, pensando no que fazer..
Visivelmente desapontado com aquela atitude, ligou o carro e foi embora para casa.

Elisabete, transtornada, encontrou a mãe, Julia, viúva, dando a mamadeira ao filho menor, enquanto o mais velho assistia a um programa infantil na TV.
Vendo o semblante da filha, exclamou: "Elisabete! O que está havendo? Por que esta cara de desespero?"
"Nada, mãe. É só o cansaço. Não é nada."
Ela foi incapaz de controlar as lágrimas que lhe corriam pela face. A mãe insistiu: "Minha filha. O que está acontecendo?"
Não conseguindo se conter, irrompeu em choro: "O Ricardo está me traindo."
"Como você soube disto?"
"O Vanderlei me esperou agora, aqui na portaria do edifício, e me contou."
"Este seu cunhado não presta, filha. Vai ver que ele mesmo está atrás de você e inventou esta história para perturbar seu casamento, enquanto finge que é amigo."

"Nada disso, mamãe. Ele até tentou defender o Ricardo, dizendo que a mulher era pura imaginação."

A mãe ficou perplexa: "Imaginação? De quem? Do Vanderlei?"

Elisabete, um pouco mais tranquila, tentou se explicar: "Também não entendi. Fiquei tão perturbada que não quis ouvir mais nada."

Julia ficou intrigada: "O Vanderlei viu o Ricardo com outra mulher?"

"Diz ele que viu o Ricardo, mas não viu a mulher."

A mãe tentou equacionar: "O Ricardo deve ter tomado cuidado para evitar que alguém o visse com outra. Ele sempre me pareceu bem espertinho."

A filha concordou: "É possível." Depois, numa nova crise de choro: "Nunca imaginei que ele pudesse fazer isso comigo."

Julia, em vão, tentou confortá-la: "Os homens são assim mesmo. Não tem um que se salve."

Elisabete desabafou: "Você não sabe o que é ser traída dessa maneira."

A mãe ouviu aquelas palavras lamuriosas da filha e, com o neto no colo, ninando-o, replicou: "É o que você pensa. Seu pai nunca foi aquela maravilha que você acredita. Passei maus pedaços com ele."

Elisabete, intrigada, surpresa com aquelas palavras, encarou a progenitora aguardando mais esclarecimentos daquela confissão apenas iniciada. Ela relatou:

"Quando você tinha cerca de seis anos, uma mulher, ainda jovem, procurou-o para que atuasse como advogado no divórcio. Seu pai era excelente nesse tipo de ação. Ela era muito bonita, insinuante, mas o marido, rico, a tinha deixado, tirando-lhe todos os direitos"

"E daí? O que isto tem a ver com a traição do Ricardo?"

A mãe, calmamente, como se rememorasse um passado longínquo, prosseguiu na sua narrativa: "Ouça, primeiro. No inicio correu tudo normal. Mas, à medida que o processo caminhava, notei uma intimidade excessiva entre seu pai e a cliente. Ele se esquivava em falar sobre o assunto, dizendo que tudo era normal

Com o tempo, descobri que ela não estava pagando nem mesmo as custas quanto mais o trabalho desenvolvido por seu pai que arcava com todas as despesas."

"E papai concordou com essa condição?"

"Claro que sim. Justamente por isso que comecei a desconfiar dos dois."

"E o que você fez?"

Neste instante, Julia fez uma pausa, em dúvida sobre se devia continuar a narração. Por fim, declarou: "Eu segui seu pai. Sabia que ele ia ter uma audiência no Fórum e me mantive a certa distancia, longe da entrada. Eu o vi abrir a porta do taxi quando ela chegou. Os dois se beijaram e seguiram para o Fórum."

Elisabete seguia, atentamente, as recordações da mãe, incapaz de balbuciar uma palavra. A senhora prosseguia: "Aquela cena me deixou transtornada. Quando ele chegou a casa, por volta das seis da tarde desse dia, dei-lhe um xeque-mate. Exigi que abandonasse o caso e que a cliente procurasse outro advogado."

"Mãe. Não me lembro de nada disso."

"Você não presenciou. Estava na casa da sua avó."

"E qual foi a reação dele?"

A avó deitou o neto caçula no berço, cobrindo-o antes de prosseguir: "Ele não abandonou. Então eu saí de casa."

"Meu Deus! Você fez isso? Saiu de casa?" perguntou a filha, surpresa.

"Saí, mas não fui para casa da sua avó. Não queria que ela me visse naquele estado." "Para onde você foi?"

"Tomei o primeiro taxi que apareceu e fui até aquele ponto em frente ao Quartel da PM. Sabe qual é?"

"Não. Mas e daí? O que você fez?"

"Telefonei para o Alberto."

"Aquele amigo de infância de vocês que eu chamava de tio?"

"Esse mesmo. Ele veio me socorrer. Eu estava transtornada e não queria voltar para casa."

Neste momento, a progenitora parou a narração. Sabia que ia tocar num ponto extremamente nevrálgico. A filha insistiu: "E aí, mamãe? O que vocês fizeram?"

"Eu disse ao Alberto que ia dormir num motel, que tinha que fazer seu pai sentir a minha falta, se é que ele iria mesmo sentir."

"E o que você fez?"

"O Alberto não me deixou ir sozinha. Ele foi comigo", disse, de repente.

Elisabete, estupefata, duvidou: "Não acredito que você tenha tido a coragem de ir para um motel com o Alberto."

"Pode crer, minha filha. Fui. Como te disse, estava transtornada com a atitude do teu pai. Nada mais importava para mim."

"E o que vocês fizeram no motel? Transaram?"

"Isto não é importante. Eu estava quase que fora de mim, precisava de alguém que demonstrasse carinho, que eu não era o lixo a que seu pai me reduzira."' E concluiu: "E o Alberto me confortou, fez-me acreditar em mim mesma. Depois, mais tarde, por volta das dez da noite ou pouco mais, tive uma crise incontrolável de choro e quis voltar para casa. Ele me trouxe até perto e, então, tomei um taxi. Quando entrei seu pai ainda não estava. Passava da meia noite quando ele entrou. Disse que havia me procurado por toda parte, até nos hospitais."

"E ele soube que você estava com o Alberto?"

"Claro que não," disse, "os homens são muito tolos. Deixam muitas pistas que a mulher descobre facilmente quando há traição."

Elisabete, mais absorvida pela história da mãe do que pelo suposto adultério do marido, contestou: "Não concordo. Acho que quando a mulher trai, também deixa pistas."

"Você se engana, Lisa. A mulher nunca confessa seus erros. Jamais."

"Bem," disse Elisabete, "pelo menos, para o marido, posso concordar. E você voltou a se encontrar com ele?"

A mãe deixou escapar um leve sorriso: "Bem. Ele insistiu comigo para nos encontrarmos novamente. Acabei cedendo, quando seu pai viajou para São Paulo." A filha novamente interrompeu: "Você estava apaixonada?"

"Não. Foi só uma atração momentânea. Nessa ocasião, tinha acabado de tirar minha carteira de motorista e dirigi o automóvel de seu pai para o encontro. Na volta para casa, nervosa, colidi na trazeira de um carro na Rua do Riachuelo. Felizmente o Alberto assumiu a responsabilidade do acidente e voltei para casa."

"Não entendi, mãe. Ele estava com você no carro?"

"Não .Nós voltamos juntos, mas cada um no seu carro." Concluiu: "Depois desse encontro, nunca mais sai com ele."

"E o papai não viu o carro batido?"

"Claro. Disse que foi barbeiragem minha e ele mandou consertar."

"E ele nunca desconfiou de nada?"

"Não. Morreu sem saber."

Depois, como se refletisse sobre a vivência que experimentara, disse: "Seu pai destruiu todo o amor que sentia por ele com aquela atitude egoísta."

"E a mulher? Que fim levou?"

"Ele era muito bom advogado. Ganhou a causa. Ela recebeu uma fortuna e só pagou dez por cento, ao invés de vinte, como era comum. Depois disso, desapareceu."

A filha jamais supusera que a mãe tivesse tanta mágoa do pai.

Desde que se entendera como gente, sempre tivera uma imagem perfeita do casamento deles, supondo-os maravilhosos, felicíssimos um com o outro e ela, consequentemente, sentia-se a filha mais feliz do mundo. Puro engodo. Seu pai magoara sua mãe de forma irreparável. Quebrara o encanto que ela sentia por ele.

Elisabete estava em dúvida. Não estava convicta das conclusões da mãe de que seu pai era o culpado e que não sabia das coisas. Talvez ele aparentasse não saber, apenas para viver bem com ela. Ou seria o contrário? Não sabia dizer. Enquanto elucubrava suas ideias, ouviu-a dizer: "Filha. Vou dar banho nas crianças. Fica relaxada e pensa no que vai fazer com o Ricardo."

Ela começou a traçar um paralelo entre o que Julia dizia e a historia do cunhado. Ela viu, de longe, o pai e a cliente se beijarem. Ou estavam, apenas, se cumprimentando com beijos sociais, no rosto? Vanderlei dissera que vira o irmão conversando ou abraçando alguém, mas não viu a mulher.

Por causa daquele suposto beijo a mãe sentiu que toda admiração que tinha pelo marido se desvanecera.

Ela iria pelo mesmo caminho? Não toleraria aquele deslize ou procuraria ser mais condescendente? No íntimo, herdara o temperamento da mãe, querendo um confronto direto e, caso Ricardo não se enquadrasse, acabaria com o casamento.

E depois? O que fazer, com dois filhos para criar?

Um pouco mais tarde, já tranquila, cuidou das crianças e foi para casa.

Ricardo falava ao telefone quando ela entrou sendo possível, apenas, ouvir o fim da conversa: *Amanhã falo contigo. Agora, não dá.*

Quando ele foi beijá-la na boca como era seu hábito, sentiu que ela virara o rosto, oferecendo a face. Ele tomou no colo o filho mais velho: "Oi, meu homenzinho. O papai estava com muita saudade."

O garoto aproveitou a oportunidade: "Pai. Liga a televisão pra mim."

"Ligo, meu filho, lá no seu quarto".

Elisabete deixou o menor no berço e foi preparar o jantar. Estava em dúvida. Não sabia se tocava no assunto da mulher.

Quando o marido ligou a TV da sala, ela perguntou: "Como foi o seu dia? Falou com o médico sobre a cirurgia?"

"Estou aguardando o resultado do exame de sangue para retornar ao IASERJ"

Ela não conseguiu evitar o assunto que a atormentava. Perguntou: "Você encontrou aquela mulher que conseguiu antecipar a cinecoronariografia?"

Ricardo não esperava por isto. Por um momento ficou sem resposta. Ela insistiu: "Ela não trabalha no IASERJ?"

O marido não teve alternativa senão concordar: "Ah! *Me* lembrei. Não. Não a tenho visto."
Ela se fez de ingênua, como se não houvesse notado a indecisão do marido. Indagou: "Esqueci o nome dela. Como se chama mesmo?"
Ricardo procurava manter a calma, tentando não levantar qualquer suspeita. Ele não lembrava se já havia dito o nome à mulher. Resolveu não arriscar a ser apanhado numa mentira. Disse: "Acho que é Mirtes."
Enquanto colocava a mesa para o jantar, ela fixou seu olhar nos olhos dele e fez a pergunta que mais a atormentava: "Ela é bonita?"
Ricardo ficou mudo, sem saber como responder. A mulher continuou fitando-o, seus olhos brilhavam refletindo a luz do ambiente, à medida que se enchiam de lágrimas: "Ela é mais bonita do que eu?"
Elisabete não esperou pela resposta, irrompendo num choro silencioso. Ele, surpreso, foi até ela, abraçando-a: "Querida. Por favor. Não chore. Não quero que o Paulinho te veja chorando."
"Não me importo," ela se lamentava, "Você está apaixonado por ela?"
Ricardo apertou-a nos braços: "Querida. Quem disse isso?"
"Ninguém disse. Você pensa que sou burra? Pensa que não noto que você não tem me procurado mais à noite?"
"Meu amor. É que você tem andado tão cansada, cuidando das crianças..."
Ela reagiu, separando-se do abraço: "Amor, porcaria nenhum! Você se modificou desde que conheceu esta vagabunda." Perguntou, em seguida: "Você já dormiu com ela?"
"O que?"
"Não se faça de desentendido," respondeu com veemência, "Você já levou essa mulher para cama, para um motel, dormiu com ela?"
Sem muita convicção, ele contestou: "Eu juro. Nunca a levei para qualquer motel. Juro pela felicidade dos meus filhos!"
O casal não teve condições para jantar, tamanho o nível de tensão que os envolvia. Elisabete, ainda atendeu a um telefonema da concunhada, mas evitou comentar sobre qualquer desentendimento com o marido.
Durante a noite, quando as crianças já estavam dormindo, ela e Ricardo não conseguiram conciliar o sono, cada um tendo uma razão distinta: Ele, angustiado com a descoberta da mulher. Ela, inconformada com a traição dele.

Vanderlei estava decepcionado com a reação da cunhada. Esperava que tivesse a sensatez de entender o ocorrido, mas ela reagiu intempestivamente. Ao invés de ajudar o irmão, pensava ele, pusera tudo a perder.

Quando chegou à casa, o ambiente estava agitado, a mulher, Sara, exasperada com o filho pré-adolescente devido às péssimas notas do boletim escolar: "Você está proibido de ligar televisão durante um mês. Se você continuar não estudando, vou tirar a TV do seu quarto e não vai mais sair com seus amigos."

Ele beijou a esposa e seguiu para o quarto do filho. Encontrou-o emburrado, deitado na cama, ainda com o uniforme do colégio. "Que merda foi essa que você arranjou, Duda?"

"Nada, pai. Só porque tirei duas notas i a mãe está dando essa bronca toda."

"Ela tem toda razão. Você não está estudando o suficiente." O filho contestou: "Só tirei i em Português e em Geografia. Tirei A em Ciências e ela nem olhou." Sara interveio na conversa: "Ele está se tornando um péssimo aluno. Liga a TV o dia inteiro, jogando esta droga de Internet." Prosseguiu nas ameaças: "Ai de você se me vier como outra nota insuficiente! Vai ver do que sou capaz!" O jovem ficou confinado ao quarto durante o jantar.

Mais tarde, serenados os ânimos, Vanderlei expôs sua preocupação: "Fiz uma merda danada, hoje."

"No trabalho?"

"Não. Com a Elisabete."

"O que você arranjou com a cunhada? Ela te fez alguma coisa?"

"Ao contrario. Eu é que fiz."

Vanderlei resumiu para a mulher tudo que sabia. Concluiu: "Tentei mostrar que meu limão está doente, mas ela se fixou, apenas, na ilusão dele pensando ter transado com uma mulher imaginária. Achou que ela era real e me deixou falando sozinho, saindo desesperada do carro."

Sara não compreendeu: "Se você viu o Ricardo saindo com a outra, porque foi dedurar seu irmão?"

"Ele não estava com ninguém. Foi tudo imaginação. Estava só, compreendeu?"

"Não. Não compreendi."

O marido desistiu de explicar: "Não tem importância. Faz um favor. Telefona para Elisabete e sonda como está a situação lá."

A mulher ligou, mas a conversa foi muito rápida e Vanderlei não pôde aquilatar o que, de fato, estava ocorrendo. Achou melhor ligar para o irmão no dia seguinte.

Na sexta-feira, pela manhã, Ricardo e Elisabete quase não se falaram. Nunca um café foi tão silencioso. A mulher, exibindo uma fácies emaciada, aparentando ter passado a noite sem dormir. Ele, tenso, sem saber como tornar o ambiente mais suportável.
Não houve a habitual troca de beijos do casal na ida para o trabalho. Ela foi a primeira a sair. Deu banho nas crianças e, antes de ir trabalhar, levou-as para a casa da avó. Ele também se retirou, chegando na Repartição mais cedo do que o habitual.
A atitude da esposa o perturbara, não conseguindo se concentrar no serviço. Por volta das dez horas foi chamado ao telefone. Era Vanderlei que queria encontrá-lo na hora do almoço.
Ricardo atribuira a culpa das insinuações da mulher à suposição de que o irmão contara para a família o caso dele com a Mirtes e não estava disposto vê-lo, mas acabou cedendo.
Foram lanchar num bar próximo ao *Piranhão*.
Ricardo desabafou: "Porra, Vanderlei! Que sacanagem você fez contando para Elisabete meu problema com a Mirtes. Foi horrível. Jamais faria isso contigo."
"Tentei te ajudar. Juro. Não achei que Elisabete fosse ter aquela reação."
"Ajudar, porra nenhuma! Você quis me foder. Isso, sim!"
"Ricardo! Preste atenção. Você está doente. Só quis te ajudar. Juro pelo que há de mais sagrado."
O outro protestou: "Doente, porra nenhuma! Estou me sentindo bem de saúde. Você é que é um doente para fazer toda essa merda comigo."
Vanderlei estava sendo pressionado. Não via outra possibilidade senão contar o que tinha presenciado. Disse: "Ricardo. Depois do meu filho, você é a pessoa que mais prezo na vida. Creia no que estou dizendo. Você está doente."
"Grande merda. Claro que estou doente. Todo mundo está sabendo que tenho um aneurisma na Coronária."
Vanderlei deu um passo na direção do ponto crucial: "Não é essa doença a que me refiro. É da sua cabeça."
Neste ponto Ricardo encarou o irmão, mostrando certa incredulidade: "O que tem minha cabeça?"
"Você está vendo coisas que não existem, que não são verdadeiras."
"Porque você está me dizendo isso? O que foi que vi que não existe?"

O policiali estava cauteloso, não querendo piorar a situação. Deu mais um passo: "A Mirtes, Ricardo. Ela só existe na tua cabeça. Só!"

O outro reagiu: "Quem está louco é você." Ricardo fez menção de se retirar, mas foi contido: "Acredite em mim, mano. Estou falando sério. Ela só existe na tua cabeça. Na de mais ninguém."

Ele encarou Vanderlei com mais seriedade: "Por que você está me dizendo isto? Baseado em quê?"

"Você se recorda de que o encontrei na segunda-feira, na Praça Saenz Pena, na esquina da Major Ávila?"

"O que tem isso a ver?"

"Antes de falar contigo, estava no bar em frente ao IASERJ quando você passou."

Vanderlei detalhou toda a odisséia que precedera o encontro.

No fim, mais calmo, com sua autoconfiança levemente abalada, o irmão contestou: "Você está errado. Isto não é possível. Todo mundo a vê."

"Ninguém a vê, Ricardo. Ninguém conversa com ela. Só você!"

"Negativo! Você está doido. Eu a toco, beijo, sinto-a e você quer me convencer de que nada disto é real? Você é quem está imaginando coisas."

"Ricardo. Creia-me. Se você não fosse meu irmão, já teria ido embora e abandonado tudo isto. Mas não posso deixá-lo viver nessa fantasia. Acredite em mim."

As palavras finais de Vanderlei calaram fundo. Ele não podia aceitá-las como tradução da verdade, pois não era possível que a Mirtes fosse, apenas, uma criação da sua mente.

Incapaz de convencê-lo, Vanderlei se retirou.

Uma vez só, as perguntas surgiram na mente de Ricardo, sem qualquer resposta convincente. Começou a fazer um retrospecto dos seus encontros com ela.

A mulher era sedutora, atraente, linda aos seus olhos. Ele se sentia orgulhoso de tê-la ao seu lado. Entretanto, algo chamou sua atenção: Ninguém, nenhum passante sequer lançara para ela um olhar de, pelo menos, curiosidade que ele houvesse notado. Ao contrario, muitos o fitavam, às vezes rindo, às vezes demonstrando receio e se afastando dele. Seria isto um sinal de que só ele a estava vendo? Até o barman daquele botequim de última categoria na esquina da Rua do Senado só falara com ele.

Será que o irmão estava certo? Será que estava mentalmente doente? Ele nunca a surpreendera conversando com ninguém mais, exceto com ele, e ela só aparecia quando estava só.

Estas questões começaram a atormentá-lo. Precisava ter respostas e só vislumbrava uma forma de obtê-las. Precisava se encontrar com ela, novamente.

Capítulo VII

Ricardo retornou ao trabalho. Estava tenso, sem condições de se concentrar no serviço. Por volta das duas da tarde, alegando indisposição, encerrou o expediente e foi até o Santuário, na esperança de encontrar a misteriosa mulher.
Permaneceu na igreja até depois das cinco horas.
Em vão. Ela não apareceu.
Desanimado, tomou uma condução e foi para casa. Quando entrou no apartamento, a mulher já havia chegado e estava cuidando das crianças.
A receptividade de Elisabete foi sofrível. Ricardo procurou dar mais atenção às crianças, tentando, indiretamente, agradá-la. Ela pareceu ignorar tudo que o marido fazia.
Por fim, ele mesmo tentou quebrar o gelo que recebia: "Vanderlei me procurou na hora do almoço. Disse que tinha conversado contigo e que não havia mulher nenhuma comigo. Você entendeu tudo errado."
Ela respondeu com rispidez: "Conheço muito bem seu irmão. Se tinha ou não tinha alguma mulher, pra mim, é assunto encerrado. Não quero mais falar nisso."
Ele percebeu que não havia clima para esclarecimentos, mudando, radicalmente, de assunto: "Amanhã de manhã devo ser examinado pela equipe do Prof. Mario Henrique. Acho que vão marcar minha cirurgia."
A mulher parou o que estava fazendo. Dir-se-ia que ficara preocupada com a notícia, mas não quis demonstrar, simulando uma indiferença: "Que bom. Vamos aguardar."
Não havia, ainda, ambiente favorável a um diálogo, concluiu o marido. Após o jantar, ficou assistindo a vários programas de televisão na sala de estar, recolhendo-se ao quarto quando percebeu que a esposa dormia.
No dia seguinte ele levantou mais cedo que o habitual e foi o primeiro a sair para a Prefeitura. Elisabete, uma vez só, preparou as crianças para deixar com a mãe antes do trabalho. Quando estava prestes a sair, o telefone tocou.

Era Vanderlei à procura do irmão. Ela informou: "Ele saiu mais cedo. Deve ir ao IASERJ para marcar a cirurgia."
 O cunhado aproveitou a ocasião: "Não tem importância. Queria falar, mesmo, contigo."
Dessa vez ele falava pausadamente, tendo o máximo cuidado para que ela entendesse a gravidade da situação: "Elisabete. Teu marido está seriamente afetado. Não existe nenhuma mulher com quem meu irmão esteja tendo um caso. É pura alucinação dele. Estive consultando a Dra. Beatriz, Psicóloga da Policia, e ela me disse que este distúrbio mental pode ocorrer devido a traumas psicológicos, tensões na família, uma porção de coisas mais. O importante é que a tal mulher não existe, embora só ele a veja. Eu comprovei isso!," enfatizava. Concluiu afirmando: "Teu marido está doente da cabeça e precisa, muito, da tua ajuda."
Elisabete, emocionada como se estivesse reprimindo um choro, respondeu: "Mas ele não me disse nada disso."
"Nem poderia, pois, para ele, a mulher é verdadeira, mas nós sabemos que é tudo invenção da cabeça doente dele."
Elisabete desligou o telefone. Ficou parada alguns segundos e, depois, irrompeu numa crise de choro. O filho mais velho, assistindo àquela inusitada situação, chamou-a: "Mamãe! Mamãe! Porque você está chorando?" Ela procurou conter as lágrimas: "Não é nada, meu filho. A mamãe machucou o dedo no telefone. Só isso."

Eram quase onze horas da manhã quando a equipe cirúrgica concluiu o exame do paciente: "E aí, doutor? O que o senhor me diz?"
"Devemos marcar sua cirurgia o mais breve possível. Você corre um risco desnecessário se protelar a operação."
"E para quando seria?"
"Podemos marcar para a sexta-feira da semana que vem. Estaria bom para você?"
 Ele contestou: "Ainda não saiu o resultado do exame de sangue."
"Isto é com a gente. Até lá, o exame estará concluído. Se houver alguma contraindicação, remarcaremos para outra data."
A iminência da cirurgia deixou-o preocupado. Apesar disso, após a consulta, Ricardo, procurando sua protetora, perscrutava cada canto, cada corredor, cada sala aberta do Hospital tentando identificá-la. Em vão.
Paulatinamente, a iminência da cirurgia passou a ter maior importância e o temor que sentia tornando-se mais avassalador.

No intervalo do almoço, voltou ao Santuário de Fátima para rezar e implorar proteção da Virgem. Quando saiu da igreja, no alto da escadaria, encostada no parapeito, alguém que ele não esperava mais encontrar: Mirtes.

Aquele sorriso maravilhoso, aquele semblante ideal, aqueles olhos azuis que tanto o fascinavam estavam, de novo, sedutoramente, focados nos dele que se aproximava a passos lentos como se com isso pudesse eternizar aquele momento encantador. Abraçou-a com ternura. Beijaram-se. Ele indagou: "Procurei você como um doido, no IASERJ. Onde estava?"

"Estava aqui. Entrei em férias esta semana, no Hospital."

Ele se sentia atraído, como que totalmente dominado. Disse: "Amor. Não consigo pensar em mais nada além de estar em teus braços."

Mirtes deixou entrever um sorriso. Beijou-o muitas vezes no rosto, nos lábios, nos olhos, dizendo: "Sei disso, meu bem. Para ti, sou o ideal de mulher que sempre desejaste, que te ama, te complementa em todos os sentidos, de todas as formas que possas imaginar. Nós somos um só, como duas metades de uma mesma maçã, inseparáveis como as duas faces de uma folha, formados no mesmo instante e destinados a estar juntos para sempre."

Ele murmurou, estreitando-a nos braços: "Querida. Pretendes viver comigo? É isto que estás querendo dizer? Queres que abandone minha mulher e meus filhos e quebre os votos do meu casamento?"

Ela beijou-o no ouvido, sussurrando, baixinho: "Meu amor. Crê. Não estás quebrando nenhum voto. Ao contrário. Estás cumprindo o que prometeste."

Ricardo não atinou com precisão o que ela quis dizer com o cumprimento dos votos. Lembrou-se das palavras de Vanderlei.

Olhou-a nos olhos e perguntou: "Mirtes. Lembra-te do dia em que nos amamos, trancados na Diretoria do IASERJ?"

"Claro que me lembro."

"Pois bem. Logo depois saímos para tomar o ônibus. Eu não sabia, mas meu irmão estava na lanchonete aguardando nossa saída. Ele me viu passar, mas assegura que não viu ninguém comigo, que passei falando sozinho. Como é possível isto?"

Ela o abraçou, colando seu rosto no dele e murmurando: "Claro que não viu, meu amor. Eu só existo para você. Para mais ninguém."

O casal permaneceu, ainda, abraçado por algum tempo na entrada do Santuário. Lentamente, todo enlevo inicial foi cedendo lugar a uma nova realidade.

Pouco depois, Ricardo se despediu e regressou para a Prefeitura. A atração que sentia pela Mirtes só se tornava irresistível na presença dela; afastado, podia pensar na vida tranquila que levava com a esposa e os filhos.

Entretanto, a revelação da mulher confirmando que só existia para seus olhos deixou-o confuso. Ela seria, apenas, uma alucinação? Ele estaria doente? Já ouvira falar de casos semelhantes, mas não dera crédito e nem se interessara pelo assunto.

Tudo, agora, tomava outra feição. Mirtes dissera que iriam ficar juntos para sempre, mas ele estava com uma cirurgia delicada, marcada para breve.

E se ele morresse durante o ato cirúrgico? Não poderiam ficar juntos. Mas ela não existia, de verdade. Ou existia? O que ela quis dizer com ficar juntos para sempre?

No fim do expediente, telefonou para o irmão, perguntando se ele poderia buscá-lo na Prefeitura, pois queria conversar.

Cerca das quatro da tarde, Vanderlei o apanhou.

"Mano," ele disse, "me desculpe por ter duvidado de você sobre a Mirtes. Ninguém pode vê-la, só eu."

O outro se surpreendeu: "Ué! Como você chegou a essa conclusão tão rapidamente?"

"Você não vai acreditar. Até eu chego a duvidar."

"Fala, homem!" insistia o Policial, "Como você concluiu que ela não existe"?

Ricardo relutou em responder. Depois de alguns segundos, confessou: "É incrível, mas ela mesma me disse que ninguém podia vê-la. Só eu!"

"E o que mais ela disse?" Pelo comportamento que assumiu antes de responder, Vanderlei, acostumado a interrogatórios, notou que o irmão estava inseguro ao relatar:

"Disse que ficando com ela, eu não estaria quebrando nenhum voto feito durante a cerimônia do casamento."

"Como assim?", contestou Vanderlei, "Claro que estaria. O sacramento do matrimonio é válido para toda a vida, até que..." Ele ia dizer **até que a morte nos separe**, mas parou de repente de falar. Olhou para o irmão e perguntou: "Como ela disse que se chamava?"

"Mirtes. Por quê?"

O Policial refez a pergunta: "Não, Ricardo. Qual o nome que ela disse e que você ouviu da boca daquele traficante?"

"Ah! Sei. Ele chamou a companheira por duas vezes, mas não me recordo do nome."

"Eu me lembro", disse Vanderlei, "foi *Ya vachi Smiertyi*."

"Isso, mesmo," concordou, "você tem uma memória de elefante."

O policial prosseguiu: "E você sabe o que isso significa?"

"Não sei, Acho que é só um nome."

"Nada disso, mano. Aquela prisioneira traduziu para mim. Significa *Eu sou a sua morte.* Foi isso que ela te disse."

Ricardo levou um choque. De repente, tudo fez sentido.

Um suor frio lhe passou pela testa. Compreendeu que não estaria quebrando os votos quando estivesse nos braços da morte. *Até que a morte nos separe* era, exatamente, o que Mirtes estava fazendo. Seus olhos ficaram marejados de lágrimas quando lembrou que iria se submeter, em breve, a uma cirurgia cardíaca e não iria sobreviver.

"Meu Deus!," exclamou, "Vou morrer durante a cirurgia! O que vai ser da minha família
quando eu me for?"

"Você não vai morrer, Ricardo. Muita gente já fez esta operação e foi bem sucedida."

"Mas eu, não!" lastimava-se, "Não há outra razão para a morte vir me procurar."

"Deixa de dizer asneira," contestava Vanderlei, Tudo isto nada mais é do que produto da tua cabeça. Essa, sim. Precisa de um tratamento médico para tirar essas ilusões da mente."

Ricardo estava convicto de que a morte iria levá-lo em breve. Tudo se encaixava. De repente aquele encanto que sentia pela jovem fôra substituído por uma terrível depressão. Nada mais. Em consequência, perdera o amor da esposa pela forma como se comportara nos últimos dias dando a entender que estava apaixonado pela estranha. Vanderlei, em vão, tentava convencê-lo de que era um truque do subconsciente e tentava demonstrar de que tudo não passava de uma fantasia.

Quando chegaram à frente ao prédio onde morava, Vanderlei fez menção de entrar, mas Ricardo disse que preferia ficar só.

Uma vez no apartamento começou a analisar o que ocorrera desde que se encontrou com aquela mulher. Como fôra tolo ao pensar que ela se encantara por ele. Por que razão isto estava acontecendo? Certamente, era um aviso de que ele morreria em breve.

Começou a andar pelo apartamento, olhou o quarto das crianças, foi até o próprio quarto, sentou-se na borda da cama, levou ambas as mãos ao rosto e irrompeu num choro compulsivo.

Quando Elisabete chegou com as crianças, encontrou-o reclinado no sofá da sala, o olhar perdido no espaço. Toda crise de choro havia passado.

Assim que a mulher o viu, pediu ao primogênito: "Paulinho. Vá dar um abraço e um beijo no papai."

Ela também se aproximou. Ele abraçou tão demoradamente o filho que este começou a se sentir incomodado com aquela inusitada demonstração de afeto. Em seguida encarou a esposa, desejosa, intimamente, de, também, receber uma manifestação idêntica. Entretanto, o marido, apenas olhou-a, mais longamente do que o habitual. Ela sentiu uma vontade imensa de abraçá-lo, mas se conteve. Perguntou: "Você foi ao médico?"

"Fui. Ele marcou a cirurgia para a próxima sexta-feira."

"Que bom," disse ela, "só assim, a gente acaba logo com essa angústia."

Elisabete notou que ele não estava bem, atribuindo, porém, ao desentendimento do casal, na véspera. Procurou ser mais cordata: "Você quer beber alguma coisa, antes de jantar?"

"Não, meu bem. Não quero nada. Só ficar descansando um pouco."

O filho, alheio à indisponibilidade do pai, solicitou: "Papai. Liga a TV." A mãe, levando o menor para o quarto, interveio: "Paulinho. Deixa o seu pai descansar. Venha. Vou

ligar a televisão do quarto."

Nessa noite, o marido não jantou; estava indisposto.

Terminada a janta, já recolhido ao quarto, ela não se conteve: "Meu amor. Você ainda está zangado comigo? Eu estava infeliz, morrendo de ciúme daquela mulher, mas depois que o Vanderlei me explicou que ela não existia, vi o papel de boba que estava fazendo e fiquei feliz, novamente. Você pode me perdoar?"

Ricardo, com os olhos marejados, refletindo a fraca luz do quarto, disse: "Quem tem que me perdoar é você, querida, pela atração que tive por uma mulher que ninguém poderia ver. Só eu!"

"Eu compreendo, amor."

"Não, Elisabete. Você não compreende. Você sabe quem é ela?"

"Sei. É, apenas, a mente que está te enganando."

Ricardo voltou a soluçar: "Não, querida. É a minha morte, amor. Vou morrer e te deixar, deixar meus filhos, tudo."

Ela o abraçou com ternura; "Não diga isso, por favor! Deus não vai fazer isso com a gente."

Capítulo VIII

Após ter deixado o irmão em casa, Vanderlei seguiu para a Delegacia. Felizmente, àquela hora, inicio da noite de uma sexta-feira, o ambiente estava tranquilo, o único preso era um Pai-de-Santo.

O Policial foi até ele: "Como é? O *encosto* já foi embora?", perguntou com ironia. "Graças a Deus, doutor, já foi." O outro tomou a conversa mais a sério: "*Me* explica melhor. O que você chama de *encosto*?"

"É quando uma coisa ruim, um espírito maligno fica grudado na gente."

"E você é capaz de sentir, de ver este espírito ruim?" "De sentir, sim. Às vezes, a gente até pode ver."

Ele ficou intrigado com as explicações do Pai-de-Santo. Até onde aquilo não passava de sugestão ou mesmo de uma ilusão da mente? Achava que tudo era uma grossa fraude, mas precisava ajudar o irmão.

Ainda não sabia como, mas apesar disso, verificou na lista telefônica a existência de vários centros de Candomblés. Pensou em assistir a uma dessas manifestações, mas estava em dúvida sobre sua conveniência. Resolveu aguardar.

O sábado amanheceu chuvoso. A Previsão do Tempo indicara para o domingo, o Dia das Mães, tempo nublado, passando a bom no fim da tarde o que significava presença obrigatória no almoço oferecido pela mãe da esposa, enquanto que a visita à mãe de Vanderlei tinha uma prioridade secundaria.

Pela manhã, apesar do mau tempo, ele foi até o Centro de Candomblé selecionado, o Terreiro Espírita do Pai Tingó de Aruanda, no alto do morro do Borel.

O local causou-lhe uma impressão ruim, mas ele atribuiu ao mau tempo. Um *outdoor* instalado no terreno anunciava o Centro religioso.

Vanderlei aproximou-se do portão de ferro que guardava a entrada e bateu palmas. Uma voz feminina respondeu: "Quem é?"

"Meu nome é Vanderlei. Gostaria de ter uma consulta com alguém daí. É possível?"

"Consulta sobre o quê?"

Ele mostrou certa impaciência: "Minha senhora. Estou apanhando chuva. Poderia vir aqui um instante para conversar?"

"Pode entrar."

O Policial subiu a pequena rampa em frente à casa, sendo recebido por uma mulher que se identificou como Benedita, secretária do Centro.

Depois de explicar a razão da visita, a mulher imaginária que atormentava o irmão, a secretária informou: "Somente o nosso Babalorixá Bastião pode resolver isso."

Ele insistiu: "Posso falar com ele?"

"Agora é impossível. Mas ele dá consultas aos domingos. Amanhã, às oito da noite, haverá uma sessão. O senhor pode vir e conversar com ele."

Vanderlei agradeceu pela receptividade e voltou para casa. Mais tarde telefonou para o irmão. Elisabete atendeu. "Oi, Elisabete. Como vai?"

"Bem. E você?".

"Estou bem. Escuta. Foi bom você atender. Como está o Ricardo?"

"Ele não está bem. Não conversa, não participa das coisas, se isola. Chora. Sinceramente, não sei mais o que fazer para que ele saia dessa ideia fixa de que vai morrer."

As últimas palavras foram eivadas de forte emoção. O cunhado procurou animá-la: "Calma. Tudo vai dar certo. Ele está com um *encosto* e já consultei um Babalorixá que vai dar um jeito nisso."

A mulher reagiu: "O que você disse? *Encosto*? Baba o quê? Pelo amor de Deus. O que é isso?"

Vanderlei teve dificuldade em explicar: "É uma espécie de Pai-de-Santo de um Terreiro Espírita."

Elisabete se tornou mais agressiva: "Você está se metendo em macumba? O que isto tem a ver com meu marido?"

Ele sentiu a impossibilidade de contar com o apoio da mulher para algo que ele mesmo tinha sérias dúvidas. Desistiu de envolvê-la. "Deixa pra lá, Elisabete. Não é nada disso. Meu irmão está numa depressão intensa e vamos ter que tirá-lo disso."

"Mas não através de macumba", ela replicou.

"Lisa!", chamou-a pelo apelido, tentando acalmá-la: "Só estou tentando ajudar meu irmão."

"Sei disso, Vanderlei. Mas não desse jeito."

O cunhado resolveu não polemizar: "Está bem. Você tem razão." Pouco depois, desligou.

O tempo melhorou no domingo. Elisabete, numa tentativa de atenuar a depressão do marido, levou-o, juntamente com as crianças para o almoço em casa da mãe. Nos momentos em que mãe e filha se encontravam isoladas de Ricardo, a sogra comentava: "Minha filha. Não acredito muito nessa crise de depressão do Ricardo. Isto está mais me parecendo com crise de arrependimento de alguma asneira que ele fez."

"Não fala besteira, mamãe. Ele está doente. Só isso!."

Passava das quatro horas quando a família conseguiu se reunir com os pais do marido. A família do irmão também estava lá. Ricardo esforçou-se ao máximo para não preocupar a mãe diabética nem o pai, já com quase oitenta anos. Com este intuito Vanderlei evitou comentar que estivera num Terreiro espírita. Entretanto, terminada a confraternização, pouco antes das vinte horas, seguiu, só, para lá, sendo recebido pela mesma Benedita: "Boa noite, Sr. Vanderlei. Seja bem-vindo. Esta é a primeira vez que o senhor participa de uma sessão espírita?"

"Sim. Primeira vez."

"Muito bem. Deixe-me explicar nosso procedimento. Primeiramente, há uma contribuição voluntária de, no mínimo, vinte reais para manutenção do serviço, caso o senhor queira solidarizar-se."

Vanderlei foi surpreendido com esta exigência velada, mas não se negou. Perguntou: "O que devo fazer agora?"   , l

"O senhor vai se juntar ao grupo, permanecendo em silencio. Escreva um nome num papel, dobre-o e deixe em cima da mesa."

Uma dúvida aflorou-lhe à mente: "A senhora falou Pai-de-Santo sobre o que lhe contei?"

"Não foi necessário. A Entidade incorporada sabe de tudo."

Ele penetrou no recinto, sombriamente iluminado e acomodou-se em torno de uma mesa redonda já ocupada com cerca de dez pessoas, todas moradoras da localidade. Cada uma delas já havia escrito sua mensagem e ele procedeu da mesma forma. Num pedaço de papel escreveu a palavra Ricardo, dobrou-a, deixando em cima da mesa. Apesar do ambiente sombrio, sentiu-se meio ridículo, achando que tudo não passava de uma farsa.

Em seguida, um indivíduo usando um abadá que se estendia até os pés e um turbante cobrindo a metade da cabeça juntou-se ao grupo. Era o Pai-de-Santo.

Num tom de voz sereno, ele orientou os presentes: "Vamos nos dar as mãos e rezar em silencio. Cada um deve se concentrar no nome escrito na folha."

Durante alguns minutos o grupo permaneceu concentrado. Depois o líder disse:

"Há alguma entidade que queira se manifestar?"

Nada se ouviu, todos permanecendo em silencio absoluto.

Por três vezes, ele repetiu o convite e nada ocorreu. Por fim, na quarta vez, Vanderlei percebeu a mesa tremer. Ainda com as mãos unidas aos presentes sentiu o coração disparar pela descarga de adrenalina.

Enquanto a mesa tremia, perscrutou em torno. Todos estavam igualmente assustados. De repente, um dos presentes, uma mulher, começou a se sacudir freneticamente, como se algo se apossasse dela. Começou a falar emitindo uma voz infantil: Mamãe! Mamãe! É o Carlinhos, mamãe!" Uma outra mulher, tomada de surpresa, em prantos, exclamou: "Ai, meu Deus! É o meu filho. A mamãe está aqui, meu filho!" A voz infantil complementou: "Não chora, mamãe. Eu estou bem. Muito feliz."

Depois desta manifestação, a voz da mulher se modificou, como se outra entidade a possuísse.

E assim, cada um dos presentes foi experimentando uma comunicação com algo íntimo e extraordinário.

Num dado momento, o Pai-de-Santo, num tom de voz inteiramente novo, disse: "Algum parente de Ricardo? Ele quer se manifestar. Está aqui do meu lado, junto com seu Anjo da Guarda que o acompanhou na terra. Mandou dizer que a cirurgia estava prevista para que ele não sobrevivesse. Ele está muito feliz em sua nova vida." Vanderlei ouviu aquela manifestação, mas permaneceu calado enquanto o médium dava detalhes de vida de cada um dos nomes que estavam escritos nos papéis em cima da mesa.

Eram quase dez da noite quando a sessão terminou. Todos estavam impressionados com a quantidade de informações ditas pelos médiuns. Vanderlei, apesar da insinuação errada supondo que Ricardo havia morrido, constatou que todos os demais dados coincidiram com o relato feito, no dia anterior, à secretária.

Quando o último cliente deixou o recinto, Benedita se reuniu com o Pai-de-Santo: "A arrecadação, hoje, valeu a pena. Foram mais de trezentos reais."

"Foi ótima", disse ele, "Cem reais são seus pelo trabalho de gravar as entrevistas sem que os participantes houvessem percebidos."

"Obrigada," respondeu, acrescentando: "Toma mais cuidado ao colocar o turbante porque uma pontinha do fone de ouvido estava aparecendo." Ele contrapôs: "E você não precisava sacudir tanto a mesa." Ela riu, acrescentando com ironia: "Vou me rir muito mais no dia em que a mesa se mexer sem a nossa interferência."

Vanderlei saiu impressionado da sessão, apesar do erro cometido pela "entidade" dando a entender que o irmão estivesse morto, pois o "acerto" com os demais crentes fôra quase que integral.

Entretanto, aquilo causara mais problemas do que solução. Como dizer à Elisabete que o marido não iria sobreviver à cirurgia?
Com essa dúvida entrou em casa. A mulher assistia a um programa de televisão; o filho dormia.
"Como foi a sessão?" perguntou Sara.
"Foi impressionante. O morubixaba baixou o..." A mulher interrompeu: "Morubixaba? Que diabo é isso?"
"Morubixaba, não! Sei lá! Pai-de-Santo. Uma figura esquisita usando um camisolão até os pés e um turbante incorporou um espírito e disse que o Ricardo vai morrer na cirurgia. Pensou, até que ele já estivesse morto."
"E você acreditou nisso?"
 Vanderlei refletiu, antes de responder: "Não sei. No principio achei tudo fantástico, mas pensando melhor, ele só repetiu o que eu disse, ontem, para a secretária. Mais nada."
"Então você acha que tudo não passou de uma encenação?"
"Não sei dizer. Mas uma coisa é certa! A mesa sacudiu a beça sem que ninguém pusesse a mão quando a entidade baixou. Isso eu vi!"
"E agora? O que vai fazer?"
"Ainda estou pensando. Não sei ainda."

Na segunda-feira Ricardo foi trabalhar, apesar de ainda não ter se recuperado totalmente da depressão, procurando, sempre, estar rodeado de pessoas, com medo de que, estando mais isolado, a figura da Mirtes pudesse aparecer.
Sua concentração no trabalho estava tão comprometida que o Serviço Médico o dispensou pelo resto da semana, levando em conta seu estado de saúde e a sua cirurgia iminente.
Elisabete, preocupada com o marido, foi buscá-lo no trabalho, levando-o para casa. "Tudo bem contigo?" ela perguntou.
"Até agora, sim."
Ela foi incisiva: "Aquela aparição te perturbou de novo?"
"Não, Não vi a Mirtes. Em nenhum momento."
"Meu amor," ela insistia, "Você precisa abandonar esta Ideia fixa de que vai morrer na cirurgia. Vai dar tudo certo. Acredite."
Ricardo não estava disposto a falar sobre o assunto, permanecendo calado durante quase todo o tempo, até chegar om casa.
No saguão do edifício Vanderlei os aguardava: "Pensei que vocês não fossem chegar nunca. Demoraram pra cacete."
"Ué! Como você sabia que a gente estava vindo para cá?" perguntou a mulher.

"Telefonei para a Repartição e me disseram que você tinha ido buscá-lo. Imaginei que viessem para cá." Acrescentou: "Estou esperando há uns quinze minutos."

"O que te trouxe até aqui?" perguntou Elisabete enquanto subiam para o apartamento. "Vim ver como está teu marido e tentar ajudar da melhor maneira possível."

Dirigiu-se a ele: "Como é, Ricardo. Ainda com medo da cirurgia?"

"Porra, Van! Pimenta nos olhos dos outros é refresco."

"Deixa de ser covarde. Todo mundo faz essa operação sem problemas."

O outro rebateu: "Aposto que nunca um paciente se saiu bem tendo a morte como companheira."

Vanderlei aproveitou o tema: "É sobre isto que vim conversar. Você está com um *encosto*."

"Que besteira é essa?" interferiu a mulher, "Nunca ouvi falar disso."

O cunhado esclareceu: "Também nunca tinha ouvido, mas o Pai-de-Santo me explicou que é uma coisa ruim que faz a cabeça da gente ver coisas que não existem."

"*Me* admira você acreditar numa asneira dessa." contestou Elisabete, com uma ponta de ironia. O marido interveio: "Calma, Lisa. Deixa o mano esclarecer."

"É sério o que estou dizendo. Ontem, à noite, visitei o **Terreiro do Pai Tingó de Aruanda** lá no Borel..." A exposição foi cortada pela mulher: "Por Deus, Vanderlei. Não quero saber de macumba nesta casa."

"Lisa", contrapôs o marido, "Há muitas instituições religiosas bastante serias. E não são macumbeiros."

Vanderlei atalhou: "É o que estou tentando explicar à sua mulher."

"Sei disso," concordou o irmão, "Há uns meses atrás, lá no Posto Médico da Prefeitura trabalhava um Ginecologista que era membro da Sociedade Espírita Ramatis. Ia para lá toda quarta-feira. É uma organização séria. Não sei se ele ainda existe."

"Você nunca me disse isto," contestou Elisabete. Ele admitiu: "Nunca me lembrei de contar. Não tinha o mínimo interesse."

O cunhado aproveitou para esclarecer: "Ela ainda existe. Sei onde fica essa sociedade. É aqui perto, na Rua José Higino." E, dirigindo-se à mulher: "Sei que você não acredita nessas coisas, mas não custa nada tentar. Vai ver que o Ricardo está com um *encosto* maligno e esses espíritas podem desfazer este mau olhado. Vale a pena consultar, mesmo que não acredites em tudo aquilo."

Elisabete estava sem argumento para se antepor. Acabou cedendo: "Não sei. Que médico é esse? Ele ainda está lá?"

"Dr. Juan. Ele era boliviano e queria se naturalizar brasileiro."
"Isto é secundário." esclarecia o policial, "Posso verificar se ele ainda pertence àquela sociedade."
"Não é necessário," disse Ricardo, "podemos ir lá depois de amanhã."
"Por que não amanhã, terça-feira?" inquiriu Vanderlei. Ele explicou: "Porque quarta-feira era o dia em que ele costumava frequentar a Sociedade. Acho melhor assim."
Elisabete observou que a presença do cunhado contribuiu para levantar o ânimo do marido e preferiu não discordar, aceitando aquela interferência espírita. Se alguma

entidade ruim pudesse ser afastada, ela pensou, não havia muito tempo disponível, pois a cirurgia estava marcada para sexta-feira, ou seja, dentro de quatro dias.
Depois que Vanderlei conseguiu convencer o casal sobre a ida a uma sessão espírita, notou que o apartamento estava mais calmo que o habitual. Perguntou: "Ué! Cadê as

crianças? Onde estão meus sobrinhos?"
"Estão com a minha mãe," explicava Elisabete, "Achei melhor elas ficarem lá por alguns dias para não perturbarem o pai."

Na quarta-feira, pouco antes das oito horas da noite, Vanderlei levou o casal à Sociedade. Notaram, ao chegar, que havia uma espécie de reunião, mas não foi possível caracterizá-la. Bateram. As vozes internas silenciaram e foi possível identificar que alguém se aproximava.
Era um homem: "Boa noite," disse o anfitrião, seu tom de voz inspirando tranquilidade, "Os senhores vieram participar da nossa jornada humanitária?"
Sem alternativa de resposta, Vanderlei se antecipou: "Sim. Viemos. Gostaríamos, antes, de falar com o Dr. Juan. Ele está?"
"Entrem, por favor.".
Os visitantes foram conduzidos a um salão modestamente decorado, com uma mesa central, varias cadeiras e dois sofás. Quatro outras pessoas, silenciadas pela presença dos estranhos, observavam, curiosamente, os intrusos.
Cumprimentos foram trocados enquanto o anfitrião chamava: "Dr. Juan. Essas pessoas querem falar com o senhor."
Uma das quatro pessoas se aproximou: "Boa noite. A quem devo a honra?"

Ricardo foi o primeiro a falar: "Boa noite, doutor. O senhor pode não se lembrar de mim, mas eu me lembro de quando trabalhava no Posto da Prefeitura".

"No *Piranhão*?"

"Exatamente. Sou funcionário de lá. Trabalho no controle de documentação."

"Tudo bem. Mas..." O médico deixou evidente não saber a causa pela qual estava sendo procurado. Indagou: "Qual o motivo da visita? Algum problema?"

Vanderlei tomou a palavra: "Não, doutor. Problema nenhum. Na realidade, vimos pedir um conselho."

Ele começou a expor toda a odisseia que havia vitimado o irmão.

À medida que falava, as demais pessoas iam, gradativamente, se interessando pelo relato. Ao término, alguém exclamou: "Fantástico! Esta não é a primeira vez que este fenômeno ocorre. Há duas ocorrências semelhantes nos nossos arquivos."

"E ai?" ,interrompeu Elisabete, "Como vocês resolveram o problema?"

Houve um momento de desconforto, como se a pessoa relutasse responder. Por fim, disse: "Não teve o que resolver. A coisa, por si só, se solucionou."

Os visitantes ficaram em dúvida quanto à solução adotada pela 'coisa', mas não quiseram se alongar no assunto. Elisabete dirigiu-se ao médico: "Dr. Juan. O senhor vê alguma possibilidade de curar essas alucinações do meu marido?"

Ele esquivou-se de dar uma resposta direta: "É preciso esclarecer que a maioria das pessoas com alucinações pertencem a um grupo que a Psiquiatria classifica de esquizofrênicos."

Ela insistiu: "Compreendo, doutor, mas meu marido pode ser curado?"

O médico fez uma pausa: "Desculpe. Qual é o seu nome?"

"Elisabete."

"Pois bem, Elisabete. Respondendo a sua pergunta. Ainda não há cura para a Esquizofrenia."

Vanderlei interrompeu a divagação: "Como o senhor sabe que meu irmão é esquizofrênico?"

"Não disse que ele é esquizofrênico, mas, apenas, que a Esquizofrenia não tem cura." O cunhado franziu o cenho muna clara demonstração de que aquela conversa não iria a canto nenhum.

Outra pessoa, mais entrada em anos e parecendo ser o líder do grupo, interferiu: "Desculpe me intrometer nessa conversa. Meu nome é Pedro Henrique. Tenho doutorado em Filosofia e em Teologia por diversas Universidades e posso falar com algum conhecimento do assunto. Não há uma resposta simples e direta para sua pergunta, D. Elisabete. As coisas, às vezes, parecem simples somente porque ignoramos as dificuldades. Seu marido bem pode ser esquizofrênico como ser capaz de perceber algo imperceptível para a maioria das pessoas."

Aquelas palavras tocaram fundo na sensibilidade de Ricardo, até então um mero observador. Perguntou: "O que o senhor quer dizer com isso?"

"Quero dizer que ninguém pode afirmar que o senhor é esquizofrênico ou se tem uma sensibilidade extremamente apurada, capaz de vislumbrar coisas não perceptíveis para um homem comum."

Vendo a incredulidade estampada no rosto dos visitantes, Pedro Henrique retornou à exposição: "Vocês não estão acostumados ao estudo das Verdades Espirituais. Realmente, é um tema difícil, sujeito a varias interpretações. Stephen William Hawkins, um renomado físico entre os mais consagrados cientistas da atualidade, afirmou que **antes do BIG BANG nada existia, nem mesmo Deus**. Então, aconteceu o **big bang** e, daí em diante, tudo se tornou realidade.

Moisés, que certamente não possuía nem uma diminuta fração do conhecimento desse cientista, descreveu, há quase quatro mil anos atrás, que **No principio era o caos e o espírito de Deus vagava sobre ele. E Deus disse: Faça-se luz...** e ocorreu o **Big Bang** descrito pela Paleontologia. À luz. da Ciência, torna-se evidente que só e somente só um poder extremo poderia tirar do NADA algo tão maravilhoso como o Universo. Este poder nós, crentes, chamamos de Deus, embora aquele cientista o chame de ...NADA."

Vanderlei estava impaciente com a exposição. Indagou: "Desculpe, Sr..?."

"Pedro Henrique."

"Desculpe, Sr. Pedro Henrique, mas o que isto tem a ver com o nosso caso?"

"Tem muito, senhor. Deus cria as coisas, miraculosamente, do nada. Assim como matéria e antimateria se aglutinam, quando Ele cria VIDA, no mesmo instante cria, também, a MORTE. Dessa forma, não há nada que tenha vida sem a morte correspondente. Não há luz sem escuridão, principio sem fim. Assim, a vida do seu irmão está sendo, inexoravelmente, atraída para a morte, simbolizada por uma mulher incrivelmente sedutora. Uma vez

unidas, vida e morte se integram e retornam à essência do poder de Deus."
Os visitantes não tiveram argumentos nem conhecimentos suficientes para contrapor. Então, para quebrar o silencio reinante, Pedro Henrique convidou: "Então? Vocês vão participar da nossa Jornada Humanitária?"
O grupo não teve outra possibilidade senão juntar-se aos demais membros e sair pela madrugada distribuindo uma sopa aquecida para os moradores de rua da Tijuca. |

Capítulo IX

Na sexta-feira pela manhã Ricardo seguiu para o Hospital do IASERJ, acompanhado da mulher. Depois de cumprida toda rotina hospitalar, foi colocado num quarto no segundo pavimento.
Concluída a internação, um dos membros da equipe foi vê-lo: "Bom dia, Ricardo. Sou o Dr. Francisco, anestesista da equipe do Dr. Mario. Como está se sentindo?"
"Um pouco nervoso, doutor."
"Isto é normal antes de qualquer ato cirúrgico. Vou prescrever um tranquilizante. Você vai se sentir bem melhor."
"Assim espero."
 A mulher, até então numa atitude discreta, Perguntou: "Doutor. O que o senhor acha desta operação?"
"É muito delicada, mas o Dr. Mario tem uma habilidade impar na colocação de *stents* recoberto de enxertos autólogos."
Elisabete não entendeu o jargão utilizado: "Desculpe, doutor. Não entendi."
Ele procurou explicar de uma forma mais acessível: "Vamos tirar um pedaço da veia Safena para recobrir o stent que deverá substituir o aneurisma."
O profissional continuou descrevendo em detalhes todo o procedimento. Por fim, completou: "Fica tranquilo. Às dez horas a enfermeira vai conduzi-lo para o Centro Cirúrgico e ao meio dia você estará de volta. Daqui a pouco a gente se vê novamente."
Saiu.
Ricardo estava tenso, temendo não sobreviver. Começou a dar instruções detalhadas à mulher sobre as poucas economias que possuíam, porém ela não se mostrou receptiva: "Pára com isso,

Ricardo. Você está se borrando de medo por causa de uma cirurgia que todo mundo faz sem problema algum."
"Você não compreende, Lisa. Posso morrer na mesa."
"Se morrer, a gente enterra. Que jeito? Agora pára com esta choradeira."
As palavras rudes da companheira aumentaram a certeza que ele tinha sobre a indiferença em relação ao amor que ele sentia por ela. Pouco antes de ser conduzido para o Centro, Ricardo recebeu um telefonema do irmão desejando-lhe boa sorte. Às dez horas começaram os procedimentos operatórios.

Elisabete permaneceu no quarto aguardando o término da cirurgia. Aproveitou para ligar para Julia. "Mãe. Como estão as crianças?"
"Estão bem, minha filha. Não se preocupe. Já acabou a operação?"

"Ainda não, mãe. O Ricardo acabou de ser levado para o Centro Cirúrgico."
 A filha fez uma serie de recomendações ligadas às crianças.
Por volta de uma da tarde Ricardo foi reconduzido ao quarto. Ainda sob efeito da anestesia, respirando normalmente, equipo de soro instalado no braço, foi colocado na cama e ligado ao complexo sistema de monitoração, supervisionado pelo Anestesista.
Ele recomendou: "D. Elisabete. Deixe-o dormir. Daqui a pouco o efeito anestésico vai passar e ele acordará bem. Qualquer coisa, é só acionar a campainha."
Logo depois da visita do anestesista, o cirurgião veio vê-lo. Elisabete apressou-se a perguntar: "Dr. Mario. Meu marido está bem?"
"Ele está ótimo. A cirurgia transcorreu sem problema algum. Amanhã, provavelmente, darei alta para ele descansar em casa." Complementou: "Por hora, deixe-o acordar espontaneamente. Quanto mais descansar, melhor será a recuperação."
Cerca de três horas após ter chegado ao quarto, Ricardo começou a sair do efeito anestésico. Elisabete, percebendo uma discreta agitação, segurou a mão do marido: "Fica tranquilo, meu amor. Está tudo bem. Estou aqui, sentada ao lado da cama. Procura descansar."
Ricardo abriu os olhos, ainda meio tonto, e encarou a esposa: "Oi, meu bem. Onde estou?"
"Você está no Hospital. A cirurgia acabou e foi tudo muito bem. Se Deus quiser, amanhã o Dr. Mario vai lhe dar alta."

De repente, o olhar do paciente se deslocou para a porta do quarto. Exclamou: "Mirtes! Há tanto tempo que não te vejo...!"
Miraculosamente, como se nada o prendesse ao leito, ele se levantou, indo em direção à visitante, abraçando-a, ternamente.
Neste exato momento o alarme do sistema de monitoração disparou. O eletrocardiógrafo ligado ao corpo cessou de registrar.
Elisabete não conseguiu entender o que se passava, mas aquilatou que algo de grave estava ocorrendo quando o corpo de enfermagem, juntamente com o médico do plantão, adentrou o quarto com toda a parafernália de reanimação cardíaca.
Ricardo sofrera uma parada cardiorrespiratória.

E ele estava ali, ao lado, abraçado à Mirtes, assistindo à luta que a equipe médica travava tentando reanimar seu corpo inerte, no leito.
"Mirtes. Aquele na cama sou eu?"
"É, Ricardo. Aquele é seu corpo. Você, agora, está comigo e ninguém mais pode nos ver."
"O que aquela gente toda está fazendo?"
"Estão tentando reativar teu coração, mas será inútil. Logo, logo, eles irão desistir."
Elisabete, de pé ao lado do leito, as duas mãos levadas à boca, expressão de horror estampada no rosto, as lágrimas correndo livres pela face, não podia acreditar. Ricardo estava morrendo!
Durante longos quinze minutos a equipe tentou reverter o quadro. Tudo em vão.
Por fim, o médico dirigiu-se à mulher: "Sinto muito, minha senhora. Tentamos tudo que podíamos, mas, infelizmente, seu marido faleceu."
Enquanto a enfermagem iniciava a retirada dos equipamentos ligados ao corpo, Elisabete, segurando a mão do enfermo entre as suas, debruçou a cabeça junto ao leito de morte e, chorando copiosamente, dizia, baixinho, como se somente Ricardo pudesse ouvi-la: "Amor da minha vida. O que eu fiz para Deus me maltratar assim? Amo-te tanto! Como poderei suportar a vida sem tua presença? Não é justo o que o destino me faz..."
Ricardo assistia surpreso, àquela inusitada declaração tardia de amor da esposa em prantos ao lado do seu corpo.
Perguntou à Mirtes: "E agora? O que vai ser da minha mulher?"
"Com o tempo, ela vai se recuperar. Por enquanto, está sofrendo muito."
"Eu não sabia que ela me amava tanto assim."

"Sei disso. Foi necessário que você me visse para sentir o quanto ela te amava. Só eu, só a morte poderia separar vocês dois."
"E o que vai ser de mim e de você?" "Nós dois seremos um só, perpetuados pela eternidade onde não existe nem tempo nem sofrimento."
"Mas o sofrimento é necessário à vida" ele contestou, "e é através dele que podemos avaliar o quanto amamos uma pessoa."
Mirtes não contestou, dizendo, apenas: "Ricardo. A luz está nos guiando na direção do Portal da Vida. Precisamos atravessá-lo para nos incorporarmos à essência do Criador."
"Quanto tempo nós temos para atravessá-lo?"
"Não existe tempo na nossa dimensão."
Cada vez mais próximos um do outro como que iniciando uma fusão, Mirtes e Ricardo seguiam em direção ao Portal.
Súbito, ele perguntou: "Poderia o Criador permitir que eu pudesse beijar mais uma vez minha mulher e dizer a ela o quanto a amo?"
"Não depende de mim. Só Ele pode decidir sobre isto. Se for concedido, ficarei a espera aguardando sua volta, até nos unirmos definitivamente."

Elisabete estava debruçada sobre a cama, ainda abraçada ao braço do marido, chorando compulsivamente, quando a enfermeira pediu: "Desculpe, minha senhora. Preciso preparar o corpo antes que a rigidez cadavérica se instale. Poderia soltar o braço?"
Neste exato momento, ela percebeu um sutil movimento dos dedos do marido querendo apertar sua mão. Ela gritou para a enfermeira: "Ele se mexeu! Ele está vivo!"

Toda a equipe foi, novamente, acionada e, desta vez, sem qualquer contratempo, Ricardo se recuperou da tão temida cirurgia, tendo alta dois dias depois.
Nunca o velho carro que possuíam pareceu tão maravilhoso no retorno para casa. Nunca o caminho de volta foi tão bom e o reencontro com os filhos tão sublime. O modesto apartamento que possuíam transformou-se numa verdadeira reconquista do paraíso.
Ricardo estava imbuído da certeza de que o espectro da morte não mais iria perturbá-lo até o fim dos seus dias, enquanto que Elisabete se sentia a mais feliz de todas as mulheres que conhecia.
Foi necessária a presença da Morte para que eles descobrissem o quanto se amavam.

FIM